国际大奖小说

纽伯瑞儿童文学奖银奖

雷梦拉八岁

[美] 贝芙莉·克莱瑞 / 著
[美] 杰奎琳·罗杰斯 / 绘
吕培明　李蕙 / 译

天津出版传媒集团

新蕾出版社

图书在版编目 (CIP) 数据

雷梦拉八岁 / (美) 克莱瑞 (Cleary,B.) 著；(美) 罗杰斯 (Rogers,J.) 绘；吕培明，李蕙译. -- 天津：新蕾出版社，2014.9 (2024.9 重印)
(国际大奖小说)
书名原文：Ramona Quimby, Age 8
ISBN 978-7-5307-6125-0

Ⅰ.①雷… Ⅱ.①克… ②罗… ③吕… ④李… Ⅲ.①儿童文学-中篇小说-美国-现代 Ⅳ.①I712.84

中国版本图书馆 CIP 数据核字(2014)第 163806 号

Original title: Ramona Quimby, Age 8
Text copyright © 1981 by Beverly Cleary
Illustration copyright © 2013 by Jacqueline Rogers
Published by arrangement with HarperCollins Publishers
Simplified Chinese translation copyright © 2014 by New Buds Publishing House (Tianjin) Limited Company
ALL RIGHTS RESERVED
津图登字：02-2012-212

出版发行：天津出版传媒集团
　　　　　新蕾出版社
http://www.newbuds.com.cn
地　　址：天津市和平区西康路 35 号(300051)
出 版 人：马玉秀
电　　话：总编办 (022)23332422
　　　　　发行部 (022)23332351　23332679
传　　真：(022)23332422
经　　销：全国新华书店
印　　刷：天津新华印务有限公司
开　　本：880mm×1230mm　1/32
字　　数：72 千字
印　　张：4.75
版　　次：2014 年 9 月第 1 版　2024 年 9 月第 42 次印刷
定　　价：22.00 元

著作权所有，请勿擅用本书制作各类出版物，违者必究。
如发现印、装质量问题，影响阅读，请与本社发行部联系调换。
地址：天津市和平区西康路 35 号
电话：(022)23332677　邮编：300051

前言

一辈子的书

梅子涵

亲近文学

一个希望优秀的人,是应该亲近文学的。亲近文学的方式当然就是阅读。阅读那些经典和杰作,在故事和语言间得到和世俗不一样的气息,优雅的心情和感觉在这同时也就滋生出来;还有很多的智慧和见解,是你在受教育的课堂上和别的书里难以如此生动和有趣地看见的。慢慢地,慢慢地,这阅读就使你有了格调,有了不平庸的眼睛。其实谁不知道,十有八九你是不可能成为一个文学家的,而是当了电脑工程师、建筑设计师……可是亲近文学怎么就是为了要成为文学家,成为一个写小说的人呢?文学是抚摸所有人的灵魂的,如果真有一种叫作"灵魂"的东西的话。文学是这样的一盏灯,只要你亲近过它,那么不管你是在怎样的境遇里,每天从事怎样的职业和怎样地操持,是设计房子还是打制家具,它都会无声无息地照亮你,使你可能为一个城市、一个家庭的房间又添置了经典,添置了可以供世代的人去欣赏和享受的美,而不是才过了几年,人们已经在说,哎哟,好难看哟!

谁会不想要这样的一盏灯呢?

阅读优秀

文学是很丰富的,各种各样。但是它又的确分成优秀和平庸。我们哪怕可以活上三百岁,有很充裕的时间,还是有理由只阅读优秀的,而拒绝平庸的。所以一代一代年长的人总是劝说年轻的人:"阅读经典!"这是他们的前人告诉他们的,他们也有了深切的体会,所以再来告诉他们的后代。

这是人类的生命关怀。

美国诗人惠特曼有一首诗:《有一个孩子向前走去》。诗里说:

有一个孩子每天向前走去,

他看见最初的东西,他就变成那东西,

那东西就变成了他的一部分……

如果是早开的紫丁香,那么它会变成这个孩子的一部分;如果是杂乱的野草,那么它也会变成这个孩子的一部分。

我们都想看见一个孩子一步步地走进经典里去,走进优秀。

优秀和经典的书,不是只有那些很久年代以前的才是,只是安徒生,只是托尔斯泰,只是鲁迅;当代也有不少。只不过是我们不知道,所以没有告诉你;你的父母不知道,所以没有告诉你;你的老师可能也不知道,所以也没有告诉你。我们都已经看见了这种"不知道"所造成的阅读的稀少了。我们很焦急,所以我们总是非常热心地对你们说,它们在哪里,是什么书名,在哪儿可以买到。我就好想为你们开一张大书单,可以供你们去寻找、得到。像英国作家斯蒂文生写的那个李利一样,每天快要天黑的时候,他就拿着提灯和梯子走过来,在每一家的门口,把街灯点亮。我们也想当一个点灯的人,让你们在光亮中可以看见,看见那一本本被奇特地写出来的书,夜晚梦见里面的故事,白天的时候也必然想起和流连。一个孩子一天天地向前走去,长大了,很有知识,很有技能,还善良和有诗意,语言斯文……

同样是长大,那会多么不一样!

自己的书

优秀的文学书,也有不同。有很多是写给成年人的,也有专门写给孩子和青少年的。专门为孩子和青少年写文学书,不是从古就有的,而是历史不长。可是已经写出来的足以称得上琳琅和灿烂了。它可以算作是这二三百年来我们的文学里最值得炫耀的事情之一,几乎任何一本统计世纪文学成就的大书里都不会忘记写上这一笔,而且写上一个个具体的灿烂书名。

它们是我们自己的书。合乎年纪,合乎趣味,快活地笑或是严肃地思考,都是立在敬重我们生命的角度,不假冒天真,也不故意深刻。

它们是长大的人一生忘记不了的书,长大以后,他们才知道,原来这样的书,这些书里的故事和美妙,在长大之后读的文学书里再难遇见,可是因为他们读过了,所以没有遗憾。他们会这样劝说:"读一读吧,要不会遗憾的。"

我们不要像安徒生写的那棵小枞树,老急着长大,老以为自己已经长大,不理睬照射它的那么温暖的太阳光和充分的新鲜空气,连飞翔过去的小鸟,和早晨与晚间飘过去的红云也一点儿都不感兴趣,老想着我长大了,我长大了。

"请你跟我们一道享受你的生活吧!"太阳光说。

"请你在自由中享受你新鲜的青春吧!"空气说。

"请你尽情地阅读属于你的年龄的文学书吧!"梅子涵说。

现在的这些"国际大奖小说"就是这样的书。

它们真是非常好,读完了,放进你自己的书架,你永远也不会抽离的。

很多年后,你当父亲、母亲了,你会对儿子、女儿说:"读一读它们,我的孩子!"

你还会当爷爷、奶奶、外公和外婆,你会对孙辈们说:"读一读它们吧,我都珍藏了一辈子了!"

一辈子的书。

Ramona Quimby, Age 8

目 录

001　第一章　开学第一天

021　第二章　在豪伊家

033　第三章　煮蛋风波

047　第四章　饭桌上的争吵

059　第五章　厨房大灾难

071　第六章　十足的讨厌鬼

084　第七章　小病号

096　第八章　精彩的报告

108　第九章　下雨的星期天

第一章 开学第一天

雷梦拉·昆比希望爸爸妈妈不要给她训话,她可不想让任何事情毁了这令人激动的一天。

"哈哈,我要自己坐校车去上学啦。"吃早饭时,雷梦拉向姐姐碧翠西炫耀着。自打前一天,她就兴奋得连胃都在抽动。她暗自期望上学的这段路程不长不短,既让她感觉离家足够远,又不至于会晕车。昆比家这边的学校在暑假里发生了一些变化,所以雷梦拉需要坐校车去上学。女孩们原来的格兰伍德学校现在变成了一所只招收四至六年级的高小,所以雷梦拉不得不到附近的西达小学就读。

"你就得意吧。"碧翠西非常兴奋,并没有把妹妹的话放在心上,"今天开始我就要上中学了。"

"是初中。"雷梦拉纠正道,她可不想让姐姐蒙混过关,把自己说得比实际年龄大,"罗斯蒙特初中又不是高中,再说,你可是要走路去上学的。"

到了雷梦拉这个年纪的孩子,开始要求周围人说什么做什么都要准确无误,甚至对他们自己也一样。整个暑假,只要有大人问她在上几年级,她都会回答"三年级"。但她觉得这么说有些不诚实,因为她还没有开始念三年级。但她又不能说自己还是二年级学生,因为她在六月份的时候就已经念完二年级了。大人们不知道,暑假里的学生是没有年级的。

"你们两个都别得意。"昆比先生边说边端着自己的早餐盘子进了厨房,"今天不只是你们俩要上学。"昨天是他在乐购超市做收银员的最后一天。今天他就要回到大学学习,希望成为他所说的"一名真正的教师"。在完成学业前,昆比先生每周有一天要在乐购超市的冷冻食品仓库里工作,以此来帮助整个家庭"勉强度日",就像大人们说的那样。

"再不抓紧时间,你们就笑不出来了。"昆比太太说。她的手不断地搅动着洗碗池里的泡沫,身上穿着她在诊所做接待员时穿的白色制服,她隔着一小段距离站在洗碗池前,防止水溅到衣服上。

"爸爸,你也要做作业吗?"雷梦拉擦掉嘴边残留的"牛奶小胡子",开始收拾自己的盘子。

"要啊。"昆比先生回答。雷梦拉从他身边走过时,他用擦盘子的毛巾轻轻拍了她一下。雷梦拉咯咯笑着闪到了一边,她看到爸爸那么开心,心里也很高兴。爸爸再也不用一整天都站在收银机前,为一长串心急火燎的顾客们结账了。

雷梦拉把自己的盘子放入水中,问道:"那妈妈要不要在你的学习报告上签字呢?"

昆比太太笑了起来,说:"我倒是不介意。"

碧翠西最后一个将盘子拿进厨房,她问:"爸爸,想当老师要学些什么呢?"

雷梦拉也在思考着这个问题。她的爸爸会读文章,会做算术题。他知道俄勒冈州开拓者的故事,也懂得两品脱相当于一夸脱。

昆比先生把一个盘子擦干放到橱柜里,说:"我要上艺术课,因为我想教艺术。我还要学习儿童发展……"

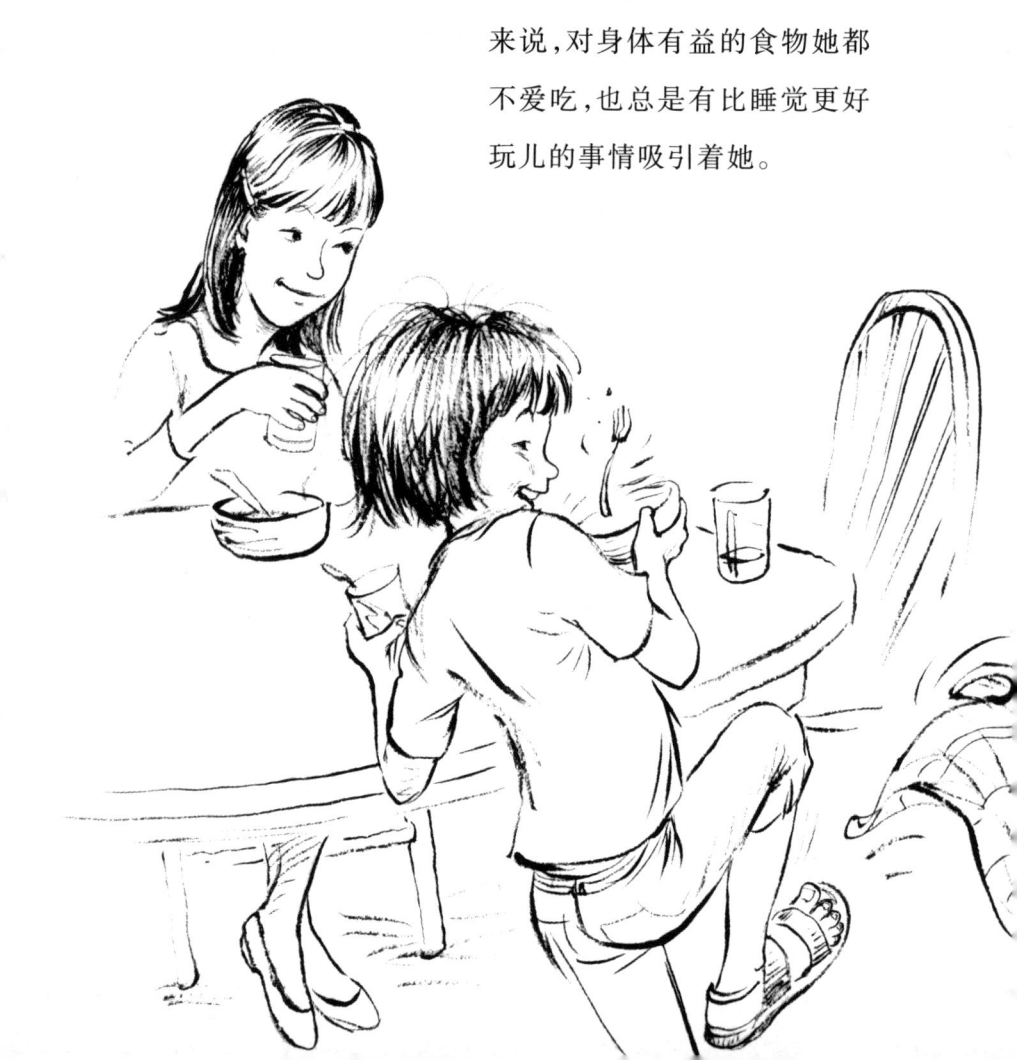

国际大奖小说

"什么是儿童发展?"雷梦拉打断了他。

"就是孩子如何成长。"爸爸回答。

怎么会有人专门跑到学校去学这种东西?雷梦拉心想。人们总是对她说要想长大就要吃得好睡得饱。可通常来说,对身体有益的食物她都不爱吃,也总是有比睡觉更好玩儿的事情吸引着她。

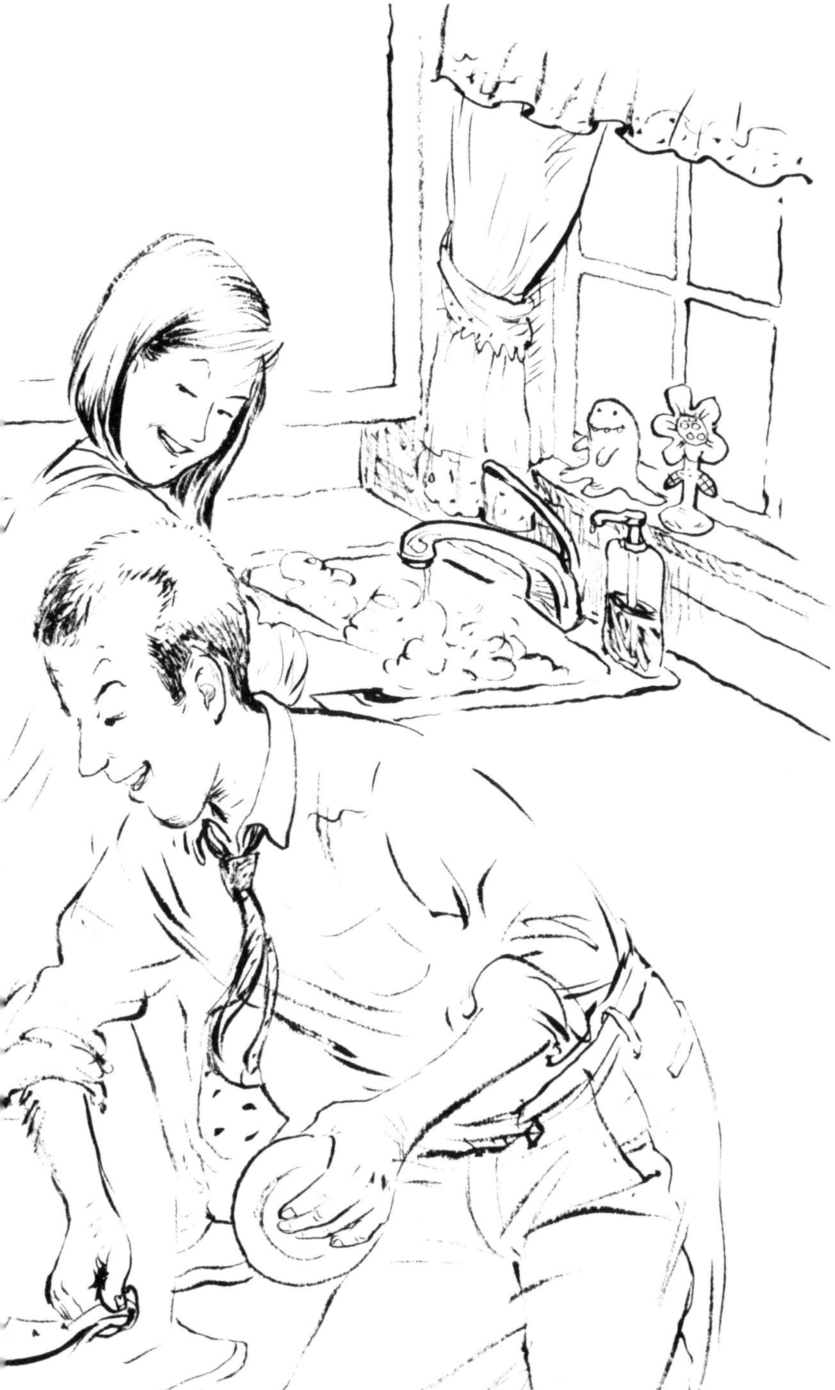

国际大奖小说

昆比太太挂好洗碗布，一把抱起家里那只名叫"大腕儿"的老黄猫，把它轻轻丢在了通往地下室的楼梯口。"你们三个动作快点。"她催道，"不然上学要迟到了。"

一家人匆匆地刷完牙后，昆比先生对两个女儿说："伸出手来。"他在两双手上各放了一块崭新的粉红色橡皮擦。"只是祝你们好运的，"他解释道，"可不是希望你们犯错哟。"

"谢谢爸爸。"女孩们说。即使是这样一个小礼物，她们也很珍惜。为了能让昆比先生重回学校读书，家里面尽可能地在节衣缩食，所以很少有什么礼物。雷梦拉和爸爸一样喜欢画画，因此她特别珍爱这块橡皮擦。它是珍珠光泽的粉红色，摸上去很光滑，还散发着淡淡香味，用来擦铅笔线条再好不过了。

昆比太太递给每人一份午餐,其中两份放在纸袋里,给雷梦拉的那份放在饭盒里。"好了,雷梦拉……"她开口说道。

雷梦拉叹了口气。终于轮到那个让她提心吊胆的训话了。

"你要记住,"妈妈说,"要对薇拉珍友好一点儿。"

雷梦拉做了个鬼脸,说:"我试过,可这太难了。"

对薇拉珍友好是雷梦拉生活中最头疼的一件事。每天放学,她都得去朋友豪伊·肯普家玩,她的父母付钱给豪伊的奶奶照看她,直到他们其中一个下班回家。同样,豪伊的父母也是双职工。雷梦拉喜欢豪伊,但是整个暑假,除了去公园里上游泳课,她几乎都在豪伊家里度过,已经厌倦了和四岁的薇拉珍一起玩。同时,她也厌倦了每天的点心都是苹果汁和全麦饼干。

"不管薇拉珍做了什么,"雷梦拉抱怨道,"她奶奶都觉得是我的错,因为我比她大。就像上次薇拉珍穿着大鞋子从喷水器下面跑过去,假装自己是金枪鱼罐头上的美人鱼,然后又在厨房地板上踩出许多又大又湿的脚印。她奶奶就怪我没有阻止她,因为薇拉珍什么都不懂!"

昆比太太匆匆拥抱了一下雷梦拉说："我知道这不容易，可还是试试看吧。"

雷梦拉叹了口气，爸爸过来抱了抱她说："记住，孩子，我们还指望你呢。"然后，他唱起来："我们充满希望，尝试希望，七月买樱桃派的希望……"

这首歌原来说的是年老的小蚂蚁搬动橡胶树的故事，但雷梦拉很喜欢爸爸给它编的新歌词。她也喜欢长大，让家人可以指望她，但有时去豪伊家，她总有一种肩负重任的感觉。如果豪伊的奶奶不照看她，妈妈就不能做全职工作。如果妈妈无法全职工作，爸爸就不能上学。如果爸爸不上学，他就必须回去做收银员，这份工作会让他又累又暴躁。然而，雷梦拉并没有让这些责任困扰自己，因为她脑子里有太多有趣的事情要想。她沐浴在秋日的阳光下，朝校车车站走去，手里捏着新橡皮擦，脚上穿着新凉鞋，胃里还留着那股兴奋带来的丝丝颤动，脑海中回想着那首充满希望的歌。

她想到了爸爸的新兼职，他要坐在一辆叉车上面，在仓库里来来回回地按订单搬运橙汁、豌豆、冻鱼条和其他冷冻食品。他称自己为"圣诞老人的小帮手"，因为仓库里的温度在零摄氏度以下，他要穿上厚厚的衣服来御寒。雷梦拉觉得这份工作很有意思。她想着要是爸爸去教别的孩子艺术，她心里会是什么滋味呢？想到这里，她决定先不去考虑这个问题了。

接着，雷梦拉想到碧翠西去了另外一所学校上学，在那里她可以上烹饪课，不过要是她的小妹妹再闯祸，她就爱莫能助了。雷梦拉走近车站，突然想起来新学校最大的一个优点：在那里，没有一个老师知道她是碧翠西的妹妹。老师们都很喜欢碧翠西，她又机灵又讨人喜欢。以前两个女孩一起上格兰伍德学校的时候，雷梦拉总有一种感觉：老师们一定在想雷梦拉为什么不像她的姐姐那么听话。

雷梦拉走到车站，看到豪伊已经等在那里，他的奶奶和薇拉珍也来送他。

豪伊打开饭盒，好看看他今天中午吃什么，然后他抬起头对雷梦拉说："穿上新凉鞋，你的脚丫更显大了。"

"咳，豪伊！"他奶奶说，"这么说话可不礼貌。"

雷梦拉低头研究起自己的脚来。豪伊说得没错，但是她的新凉鞋为什么就不能让脚显大呢？她的脚长大了，穿不下以前的鞋了。雷梦拉并没有生气。

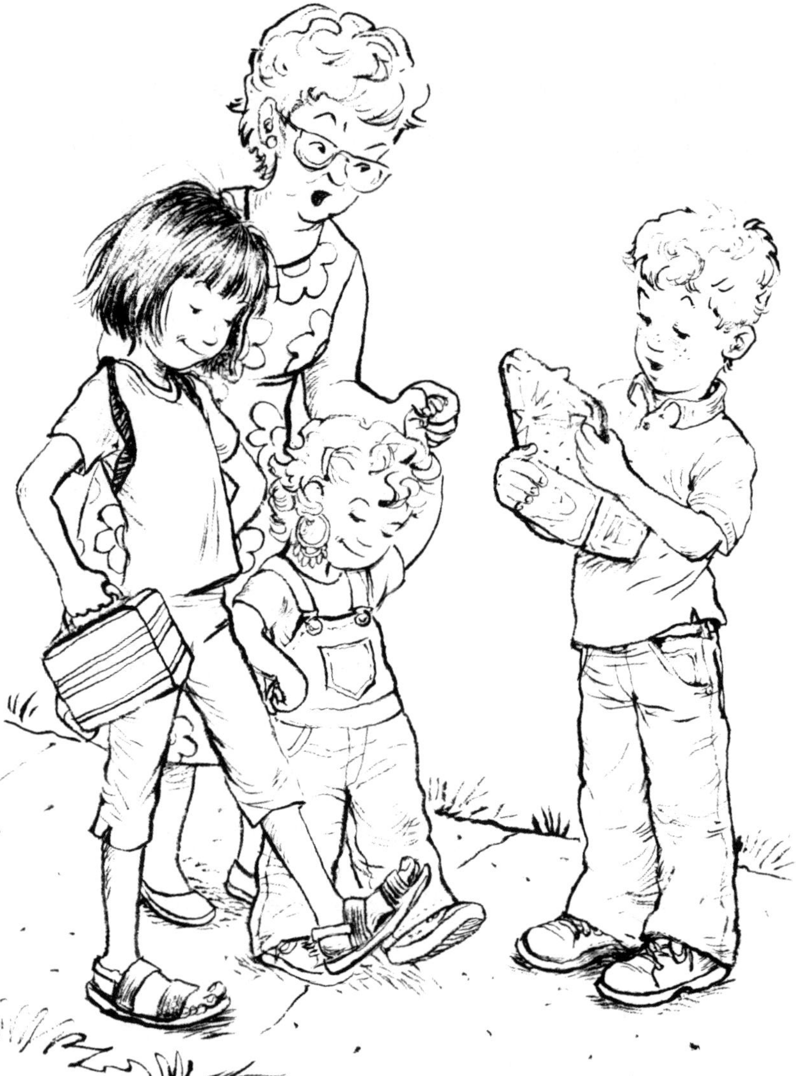

"今天,我就要去上幼儿园了。"薇拉珍在一边炫耀。她穿着背带裤和T恤衫,耳朵上还戴着她妈妈的旧耳环。薇拉珍自认为很漂亮,因为她奶奶总是这么说,雷梦拉的妈妈也这么认为。的确,薇拉珍干净整洁的时候是挺漂亮的,因为她是个健康的孩子。但她可不觉得自己的漂亮是那种健康美,她认为她就和电视里那些成熟的女人一样漂亮。

雷梦拉试着对薇拉珍表示友善。毕竟,一家子人还要指望她呢。"你去的不是幼儿园,薇拉珍。"她说,"你说的那是托儿所。"

薇拉珍狠狠地瞪了雷梦拉一眼,这眼神她太熟悉了。"我上的就是幼儿园,"她说,"幼儿园就是小孩子待的地方。"

"保佑这孩子的一颗童心!"她奶奶说着,和往常一样面露喜色。

车来了,雷梦拉等了它整整一个夏天。小小的黄色校车停到路边,雷梦拉和豪伊假装习以为常的样子爬上了校车。我要像个大人一样,雷梦拉心想。

"早上好。我是汉娜夫人,你们的校车助理。"坐在司机

后面的一位女士对他们说,"请往后面找空位吧。"雷梦拉和豪伊在校车两侧各自找了一个靠窗的位置,这样的位置散发着让人心安的清新气味。雷梦拉很害怕城市里那些大型公共汽车上混杂了香水味道的汗臭味。

"再见!"肯普太太和薇拉珍喊道,她们朝着车窗拼命挥手,仿佛雷梦拉和豪伊要去长途旅行一样。"再见。"豪伊假装不认识她们。

校车刚一离开路边,雷梦拉就感到有人在踢她的座椅后背。她转身看到一个健壮的男孩,头上戴着一顶棒球帽,帽檐还向上翻着,身上穿着一件白色的 T 恤衫,胸前印着一串长长的字母。雷梦拉盯着那些字母,试图从里面找出几个短些的词,她二年级的时候就已经学会这么做了。**地球、震动,地震!**这一定是个什么球队的名字。他看上去就是那种爸爸会带他去看球赛的男孩。他没有带饭盒,这说明他要去学校餐厅买饭吃。一个成年人是不会骂他臭男孩的。雷梦拉看着前方,一言不发。这个男孩别想毁了她三年级的第一天。

砰,砰,砰,雷梦拉的椅子后面又传出声音。汽车停下来,又上来一群孩子,有的兴奋不已,有的焦虑不安。那个

男孩还在踢椅子,雷梦拉当作什么也没发生。这时,车子正好经过她以前的学校,多好的老格兰伍德,雷梦拉心想,好像已经离开那儿很久很久似的。

"够了,丹尼。"校车助理对那个踢椅子的男孩说,"只要我还护送这辆车,就没人可以踢椅子。听懂了吗?"

雷梦拉听到丹尼咕哝了一句什么,她暗自笑了一下。真有意思,校车助理说她在护送,就好像她在保卫着一辆装有金子的马车,而不是在一辆小小的黄色校车上管理一群孩子。

雷梦拉想象着自己正坐在一辆马车上,后面还有一群强盗在追赶,直到她发现她可爱的粉色橡皮擦不见了。"你见过我的橡皮擦吗?"她问身边的一个二年级女生。两个人在椅子和地上找了半天,连橡皮擦的影子也没看到。

有人拍了拍雷梦拉的肩膀,她转过头去。"是一块粉红色的橡皮擦吗?"戴棒球帽的男孩问。

"是的。"雷梦拉准备原谅他踢座椅了,"你见过它吗?"

"没有。"男孩咧嘴一笑,把帽檐猛地向下一拉。

这一笑让雷梦拉再也忍不了了。"骗子!"她恶狠狠地瞪了他一眼,然后把脸转了回去,心里充满怒气。她生气新

国际大奖小说

橡皮擦找不到了,气自己弄丢了它才让这个男孩捡走。臭男孩,她想,心里暗自期望食堂给他的是散碎的鱼块和豆荚须没有清除干净的罐头青豆,再给他两块已经酥烂、但是果皮又老又硬的苹果块当甜点。

校车在雷梦拉的新学校西达小学门前停下,这是一座两层楼的红砖建筑,很像她原来的学校。孩子们纷纷下了

车，雷梦拉这时有一种胜利的快感：她没有晕车。现在她发现自己好像不仅脚长大了，人也长大了。在这个学校里，除了老师，就数三年级的学生最大。那些一二年级的小朋友在操场上跑来跑去，看上去是那么小，雷梦拉感觉自己又高又成熟，还有那么几分智慧。

丹尼走在她前面。"接着！"他对另一个男孩喊道。一个粉红色的小东西从空中飞过，落到了第二个男孩的手

中。那个男孩挥舞着手臂,做出一副打棒球时投球的姿势,把橡皮擦又重新扔回丹尼手里。

"你把橡皮擦还给我!"雷梦拉说着去追丹尼,手里的饭盒这时候就像是个累赘。丹尼在一二年级的孩子们当中左躲右闪。就在雷梦拉快要追上他的时候,他把橡皮擦又扔给了另一个男孩。如果不是饭盒不断地打在她的膝盖上,雷梦拉可能早就抓住他了。不幸的是,上课铃先响了。

"校园猩猩!"雷梦拉大喊,这个词是她专门形容那种总是能拿到好球,总是最早来到运动场,总是在别人玩跳房子游戏时横冲直撞追足球的男孩们的。她看到她的粉色橡皮擦又飞回到丹尼的手中。"校园猩猩!"她再次喊道,愤怒的泪水在眼眶里打转,"臭校园猩猩!"当然,男孩们才不在意呢。

雷梦拉怒气冲冲地走进了新学校,爬上楼梯去找她的教室。她发现从教室的窗户向外望去,越过屋檐和树梢可以看见远处的胡德山。真希望来场火山爆发,她想,因为她真是快要气炸了。

雷梦拉的新教室里闹哄哄的,大家都很兴奋。她看见一些以前就认识的老同学,其他的都是新面孔。每个人都在说话,大声地同老朋友打招呼,或是看着那些即将要成为朋友、对手或敌人的人。雷梦拉想念豪伊,他被分在了另一个班上。但是谁又能想得到呢,那个校园猩猩丹尼,正坐在一张课桌前,头上还戴着他的棒球帽,把雷梦拉的新橡皮擦从一只手抛到另一只手。雷梦拉沮丧得说不出话来。她真想揍他,他怎么敢毁了她这么重要的一天呢?

"好了,你们这些家伙,安静。"老师说。

雷梦拉惊讶地听到全班同学被称为"这些家伙"。她认识的大多数老师都会说:"我觉得我的声音已经够响了,难道是因为教室里太吵了?"她在教室前面找了一个座位,仔细看着她的新老师。这是一位健壮的女士,留着短发,古铜色的皮肤。看起来就像游泳教练,雷梦拉心想。

"我是威利太太。"老师说着,把自己的名字端端正正地写在了黑板上。"W-h-a-l-e-y。鲸鱼(Whale)后面再加条尾巴(y)。"她笑了,全班同学也一起笑了起来。然后,她递给雷梦拉一些纸片。"请将这些纸片发给大家。"她吩咐道,"在我认识你们之前,大家需要做一些名片。"

雷梦拉照她说的去发纸片,走过课桌的时候,她发现自己的新凉鞋发出嘎吱嘎吱的声音。嘎吱嘎吱,雷梦拉咯咯笑了出来,班里的其他学生也笑了。她从一条过道走到另一条过道。最后一张纸片她发给了校车上的那个男孩,他头上依旧戴着棒球帽。"你把橡皮擦还给我,你这头校园猩猩!"她低声说道。

"试着来拿啊,大脚怪。"他同样压低了嗓音说,同时咧嘴笑了笑。

雷梦拉盯着自己的脚。大脚怪?大脚怪是一种身高十英尺、身上多毛的生物,据说它在俄勒冈州南部的雪山上面留下了巨大的脚印。有些人说他们见过大脚怪在丛林中快速穿行,但是还没有人能够证明它真实存在。

"竟然说我是大脚怪!"雷梦拉的脚的确是长大了,但也算不上巨大。这头校园猩猩,他必须为侮辱别人付出代价。"那你就是巨脚怪,校园猩猩。"她大声地脱口而出。

令她惊讶的是,校园猩猩从口袋里掏出她的橡皮擦,微微一笑,还给了她。好极了!雷梦拉高高地扬着头,踩着嘎吱作响的凉鞋往回走。她感到一阵胜利的喜悦,故意远远绕了一圈才回到座位上去,一路上还尽可能地把脚下的声音踩到最响。她做对了!校园猩猩叫她大脚怪没能让她心烦意乱,她成功拿回了自己的橡皮擦,她才是最终的胜者。

雷梦拉突然意识到她的鞋子还在嘎吱作响,而周围却安静得不太正常,新老师正微笑地看着她,于是她停下了脚步。全班同学都看着老师。

"我们都知道你有一双会唱歌的鞋子。"威利太太说。果然,全班哄堂大笑。

雷梦拉僵着腿,安静地回到了自己的座位上,脑子里一片空白。一开始她以为威利太太是在批评她,但后来她觉得老师可能只是想幽默一下。有时候她很难说清大人的想法。最后,雷梦拉确定,任何一个能让校园猩猩在教室里戴棒球帽的老师,一定都不会挑剔她那嘎吱作响的鞋子的。

雷梦拉把自己的纸片折起来,小心翼翼地用草体字写上:雷梦拉·昆比,八岁。

她欣赏着自己的字,心里美滋滋的。她喜欢自己在新学校比别人长得高。她喜欢——这一点她可以肯定——她那位通情达理的老师。至于校园猩猩,他倒是个问题,但是到目前为止他总算没占到什么便宜。虽然雷梦拉不愿意承认,但重新拿回橡皮擦确实让她有点儿喜欢校园猩猩了,

可能她就是喜欢这种挑战吧。

雷梦拉在名字的周围画上了漂亮的花边。今天早晨她全家心情都很好,所以她也很高兴,因为她已经长大了,她的家人可以依靠她了。

不过,要是她能想出怎么对付薇拉珍就更好了……

第二章 在豪伊家

"记着,你要对薇拉珍友好一点儿。"昆比夫人说着把雷梦拉的饭盒递给她。大人们又忘了,孩子们最讨厌听到这种话了。

雷梦拉做了个鬼脸。"妈妈,你非得每天早晨都说一遍吗?"她不禁有点儿小气愤。在内心深处,雷梦拉藏着一个秘密,她有时真想要吓唬一下薇拉珍。

"好的,好的,我尽量记着。"昆比太太笑了一下,"我知道这不容易。"她吻了一下雷梦拉,"打起精神,赶紧跑去车站吧,否则你要错过校车了。"

做昆比家的三年级学生比雷梦拉想象的要难得多。在家里,爸爸总是一脸疲惫,行色匆匆,要不就是在餐桌上学习,这个时候,谁也别想看电视,因为那会打扰到他。在学校,她还是不能确定自己对威利太太的感觉。雷梦拉在小学一年级时就发现,喜欢一个老师很重要。还有,即使家人能理解她,雷梦拉还是很惧怕在豪伊家与肯普太太和薇拉珍一起相处的时光。

这些都是上三年级的坏处。其实也有好的地方,雷梦拉喜欢坐校车去上学,也喜欢与校园猩猩斗智斗勇。接着,在第二个星期,三年级又显现出另一个优点。

就在即将开始每周一次的图书馆活动之前,威利太太宣布:"从今天开始,我们每天要进行持续默读。"

虽然不知道"持续默读"四个字的意思,但是雷梦拉喜欢它们的发音,听上去很重要。

威利太太继续说道:"也就是说,每天午餐后,我们都要坐在座位上,默读自己从图书馆选的书。"

"侦探小说也可以吗?"有人问。

"可以。"威利太太说。

"要写读书报告吗?"一个爱问问题的孩子问道。

"持续默读不需要写读书报告。"威利太太向全班同学保证,然后她接着说,"我觉得持续默读听起来不怎么有

趣,我们可以给它起个别的名字。"说到这里,她在黑板上写了四个大写字母D.E.A.R,并指着它们大声说道,"有谁能猜出这几个字母代表什么?"

全班同学都在认真思考着。

"Do Everything All Right(把一切都做好)。"有人说,想法不错,但这不是正确答案。

"Don't Eat A Reader(不要吃掉一个读者)。"校园猩猩试着说。威利太太笑了笑,让他继续猜。

雷梦拉边想边盯着窗外的蓝天、树梢和远方的胡德山。胡德山的山顶被白雪覆盖着,看起来就像一个巨大的被舔过的蛋筒冰激凌。D可以是drop(丢下),R可以代表run(跑)。"Drop Everything And Run(丢下一切开始跑)。"雷梦拉脱口而出。威利太太看来不是那种期望每个同学都先举手再发言的老师,她笑着说:"非常接近,雷梦拉,不过你忘了我们是在讨论阅读吗?"

"Drop Everything And Read(丢下一切开始阅读)!"全班同学齐声说道。雷梦拉感到很傻,她本来可以自己想到答案的。

雷梦拉还是更喜欢持续默读这个说法,因为这样听上

去更专业。每当大家要"丢下一切开始阅读"的时候,雷梦拉就会静静地坐在一旁,进行她的持续默读。

能在学校里一个人待着实在是太惬意了。读书的时候,她不用把书藏到课桌下面,也不用拿一本大书挡着看。她用不着把书中的生词列出来,要么跳过,要么连猜带蒙就行了。威利太太也没有要求大家写读书概要,所以雷梦拉不需要挑特别简单的书来读。要是现在威利太太再允许她随意画画,学校就算得上是天堂了。

是的,持续默读的确是一天中最美好的时刻。放学后,雷梦拉和豪伊在回家的路上一直都在讨论这件事。到了豪伊家,他们看到了豪伊在西达小学认识的两个新朋友,他们正推着自行车等在那儿。

雷梦拉坐在豪伊家门前的台阶上,双臂环抱着自己的膝盖,身边放着持续默读时看的那本童话书,充满渴望地

看着男孩们的两辆自行车,这时豪伊也推着他的自行车从车库里走了出来。

豪伊很善良,和雷梦拉又是朋友,他就问道:"雷梦拉,你想不想骑我的自行车到那个转角,再骑回来?"

她当然想!雷梦拉跳了起来,满心期待去骑那么一圈。

"就一次哟。"豪伊说。

雷梦拉爬上车座,在三个男孩的默默注视下摇摇晃晃地骑向那个拐角,并没有摔下来。虽然下车转弯的动作看起来有些尴尬,但是回程就简单多了,至少她晃得没那么

厉害了。下车的时候,她还设法让自己显得很熟练。我只是需要多多练习,雷梦拉心想。豪伊接过自行车,和他的朋友们骑车走了,留下雷梦拉一个人无事可做,她只能拿起书,回到屋里去找薇拉珍。

薇拉珍现在上了托儿所,脑子里的主意五花八门,角色扮演就是其中之一。雷梦拉在门口遇到她,她肩膀上裹着一块旧窗帘。"快去吃你的点心。"她命令道,她奶奶在那儿一边看电视,一边织着毛衣。

今天的点心是菠萝汁和黑麦脆饼,就算是薇拉珍不耐烦地站在旁边,从头到尾地盯着她吃,这样的改变也让雷梦拉很开心。

"现在,我要扮演一位夫人,你就当小狗好了。"薇拉珍指挥她。

"我才不要做小狗。"雷梦拉说。

肯普太太把头抬起来,看了雷梦拉一眼,仿佛提醒她作为昆比家的一员,任务就是要与肯普家好好相处。难道薇拉珍想什么,她就要做什么吗?

"你要扮小狗。"薇拉珍说。

"为什么?"雷梦拉留意着肯普太太的神情,心里盘算

着这抗命的尺度到底能有多大。

"因为我是一位美丽的有钱的夫人,我说了算。"薇拉珍提醒她。

"那我就是一位比你年龄更大、更美丽、更有钱的夫人。"雷梦拉说,虽然她觉得自己既不算漂亮,也没有钱,但她绝对不想跪在地上爬来爬去,还要学狗叫。

"我们两个不能都当夫人,"薇拉珍说,"再说是我先说的。"

这下雷梦拉无话可说了。"我要扮什么样的小狗?"她试图拖延时间,同时贪恋地扫了一眼椅子上的书,那是她要在学校读的,但是她太喜欢了,就把它带了回来。

薇拉珍还在想着要扮什么样子的小狗,肯普太太开口了:"宝贝,别忘了布鲁斯再过几分钟就要过来玩了。"

"哪个布鲁斯?"雷梦拉问,她希望薇拉珍能够和布鲁斯一起玩,这样她就能去看书了。

"那个不在沙箱里尿尿的布鲁斯。"薇拉珍立刻回答。

"薇拉珍!"肯普太太吓了一跳,"你怎么可以这么说你的朋友!"

雷梦拉一点儿也不惊讶。她知道在薇拉珍的托儿所

里，一定还有另外一个在沙箱里尿尿的布鲁斯。

幸好，来了一个小男孩，雷梦拉不用再扮小狗了。那个男孩从车里出来，他妈妈看着他走到前门后才开车离去。

薇拉珍跑去给他开门，正如雷梦拉意料之中那样介绍道："这是不在沙箱里尿尿的布鲁斯。"布鲁斯看上去很开心被这么介绍。

肯普太太连忙为自己的孙女道歉："薇拉珍不是那个意思。"

"但是我确实不在沙箱里尿尿，"布鲁斯说，"我是尿在……"

"没关系。"肯普太太说，"你们三个打算玩什么？"

这下雷梦拉躲不掉了。

"角色扮演。"薇拉珍立刻说道，她从角落里拖出一个堆满旧衣服的箱子，把她爸爸的一件旧夹克塞到布鲁斯的手里，又递给他一顶旧帽子和她的一双蓝色的青蛙鞋子。她扯开肩上的窗帘，把它盖在头上，然后在下巴下面打了个结，又拿了一条旧床单披在肩上。她对自己的样子非常满意，接着给了雷梦拉一件皱巴巴的衬衫，在肯普太太的注视下，雷梦拉只好乖乖地把衬衫套上了。

"好了。"薇拉珍满意地说,"我要扮演老鼠小姐,一个漂亮的新娘,布鲁斯是青蛙,雷梦拉做耗子叔叔,现在我们要开一个婚礼派对。"

雷梦拉才不想当什么耗子叔叔。

"青蛙先生要求婚。"薇拉珍唱道,布鲁斯也加入进来:"嗯——嗯——"显然这首歌在托儿所很流行。雷梦拉也跟着哼唱起来。

"快说。"薇拉珍命令布鲁斯。

"薇拉珍,嫁给我好吗?"布鲁斯唱道。

薇拉珍跺着脚说:"不是薇拉珍!是老鼠小姐。"

布鲁斯重新再唱:"老鼠小姐,嫁给我好吗?"

"好的,如果耗子叔叔同意的话。"薇拉珍唱道。

"嗯——嗯——"

"嗯——嗯——"三个人都哼唱起来。

两个托儿所的小孩子都看着雷梦拉,等她唱下一句。雷梦拉已经不记得耗子叔叔同意他们结婚的那句歌词了,她只能说:"当然,你们可以结婚。"

"好的。"薇拉珍说,"现在让我们开始婚礼派对吧。"她抓住布鲁斯和雷梦拉的手,然后命令雷梦拉,"拉住布鲁斯

的另一只手。"

雷梦拉在布鲁斯长长的袖子里找到了他的手,他的手黏糊糊的。

"现在我们要围成一个圈跳舞。"薇拉珍指挥大家。

雷梦拉轻盈地跳着,薇拉珍昂首阔步地踩着步子,而布鲁斯则拍打着节奏。他们三人跳成了一个圈,老鼠小姐的裙摆和头纱在他们脚下踩来踩去,还绊了青蛙先生一下。这时,薇拉珍又发出下一个指令:"现在大家全都卧倒。"

雷梦拉只是膝盖跪到了地上,而薇拉珍和布鲁斯则直接摔成了一团,在地上哈哈大笑。雷梦拉听到男孩子们在外面骑自行车,他们的叫喊声盖过了屋内的笑声和电视机的声音。她心里想着妈妈还有多久才能来救她。她希望可以在豪伊的父母回家之前离开这里。

薇拉珍爬到她脚边。"我们再玩一次。"她满脸兴奋,自以为戴着面纱很漂亮。唱歌、跳舞、摔倒,他们三个一次又一次地演着,雷梦拉越来越无聊,她不断改变着自己的台词。有时候她说:"随你们便,我才不管呢。"有时候她说:"可以,但你会后悔的。"薇拉珍毫不理会,她只盼着早早进入她认为最重要的派对环节,让大家都摔成一团。

游戏做了一遍又一遍,布鲁斯和薇拉珍看上去一点儿也不累。这时,碧翠西进来了,手上抱着一堆书。

"嗨,碧翠西。"薇拉珍说,她笑得满脸通红,"你也可以一起玩,你可以扮歌里面的老猫汤姆。"

"我很抱歉,薇拉珍。"碧翠西说,"我没有时间扮汤姆猫,我要做作业。"她坐到客厅的桌旁,打开一本书。

雷梦拉看看肯普太太,肯普太太微笑着继续织她的毛衣。为什么雷梦拉就要和薇拉珍一起玩,碧翠西就不用?就因为她小吗?雷梦拉满脑子都觉得不公平。就因为她小,她就总是要做她不想做的事——早睡觉,穿碧翠西穿不下的衣服,还要替别人跑腿取东西,就因为她比别人年轻,腿脚灵便,而碧翠西却总是在忙功课。现在她又不得不和薇拉珍在一起玩,因为全家人都要指望她,而碧翠西就不用。

雷梦拉又一次望着她的童话书,书就在大门边的椅子上,雷梦拉看着那本书的旧封面,心里突然冒出一个想法。她不确定这个主意是不是有效,但却值得一试。

"薇拉珍,我要对你和布鲁斯说声抱歉。"雷梦拉用她最有礼貌的语气说,"我要去完成我的持续默读。"她说着用眼角瞥向肯普太太。

"好吧。"薇拉珍听不懂这几个字,也没有在意,反正她还有布鲁斯可以指挥。肯普太太的手没停,只是点了点头。

雷梦拉拿起书,坐到了沙发的一角。碧翠西看向她,姐妹俩会心地相视一笑。虽然少了耗子叔叔,薇拉珍和布鲁斯还是开心地转着圈子,高兴地边叫边唱:"她来的时候,会从山那边来!"

雷梦拉幸福地看着书,沉浸在公主、国王和聪明的小儿子们的故事中。她很开心昆比家也有一个聪明的小女儿,完美地履行了她的职责。

第三章 煮蛋风波

每天早晨,昆比家的四个人都要在不同的时间出门,去往不同的地方,所以这时候家里总是充斥着紧张与忙碌。每逢昆比先生早晨八点有课,他就会很早开车离去。碧翠西是第二个走的,因为她要走路去学校,路上还要等玛丽·简。

雷梦拉是第三个出发的,现在昆比太太不再提醒她要对薇拉珍好一点儿了,所以她很享受和妈妈单独在一起的那最后几分钟。

"你记得给我的午饭里放煮鸡蛋了吗?我跟你说过的。"一天早晨雷梦拉问妈妈。这个星期,煮鸡蛋在三年级学生中很流行,这股风潮是从校园猩猩那里开始的,他有

时候会自己带午饭。上个星期流行的是那种袋装的炸玉米片,雷梦拉没能加入进来,因为妈妈不想在垃圾食品上面浪费钱。当然,一个有营养的煮鸡蛋妈妈是不会拒绝的。

"我记得你的煮鸡蛋,小乖乖。"昆比太太说,"真高兴你终于喜欢吃煮鸡蛋了。"

雷梦拉觉得没有必要和妈妈解释她仍然不喜欢煮鸡蛋,哪怕是复活节的彩蛋。她也不喜欢那种溏心蛋,因为她不喜欢滑溜溜的食物。雷梦拉喜欢的是万圣节吃的魔鬼蛋①,但是魔鬼蛋不流行,至少这个礼拜不是。

坐校车的时候雷梦拉和苏珊互相看了对方的午饭,她们很高兴地发现对方也带了煮鸡蛋,两个人都期待着午餐时间快点到来。

一上午雷梦拉都在盼着午饭时间,而今天的课也格外有趣。全班同学做完练习册上的算术题后,威利太太给每个孩子发了一个玻璃瓶,里面装着一种湿乎乎的蓝色物质,大约两英寸厚。她说这是染成蓝色的燕麦片。雷梦拉第一个说了句"呸",大多数人都做出了恶心的表情,校园猩

---

① 一种加了芥末和胡椒调味的鸡蛋色拉。

猩还发出了呕吐声。

"好了,孩子们,安静。"威利太太说。教室安静下来后,她解释说科学课上大家要研究果蝇,蓝色的燕麦片里有果蝇的幼虫。"你们觉得燕麦片为什么是蓝色的?"她问。

有些学生认为蓝色燕麦片是给果蝇吃的,里面可能含有维生素。玛莎说燕麦片要染成蓝色,大家就知道这不好吃。所有的同学听到这个猜想都笑了起来,谁会认为蓝色麦片好吃呢?还是校园猩猩说出了正确答案:燕麦片染成蓝色,就可以看见上面的果蝇幼虫了。的确,麦片上有一粒粒白色的东西。

这时全班同学都在给自己的瓶子做标签,雷梦拉把自己的名字写在纸条上,和往常一样在后面又加上了"八岁"。她在周围画上了几只小果蝇,然后把标签贴在自己装有蓝色燕麦片和果蝇幼虫的瓶子上。现在,她终于有一只宠物罐子了。

"这真是一个精美的标签,雷梦拉。"威利太太说。雷梦拉知道老师说的精美指的不仅仅是干净整洁,而是特别好的意思。她是真的开始喜欢威利太太了。

愉快的早晨很快就过去了。午餐时间一到,雷梦拉就

拿起自己的饭盒往餐厅走去。她在餐厅里排队取完牛奶，和萨拉、珍妮特、玛莎还有其他几个三年级的学生坐在了一张桌子前。她打开自己的饭盒，煮鸡蛋就放在三明治和橙子中间，外面包着一层纸巾，光滑无瑕，大小正好可以捏在手里。雷梦拉想把最好的留到最后，于是她先吃光了三明治中间的金枪鱼，然后在橙子上面戳了一个洞，吸里面的汁水喝。三年级的学生是不剥橙子皮的。最后，终于到了吃鸡蛋的时候了。要弄碎蛋壳有好几种方法。最流行的那种,也是把鸡蛋带到学校来的真正原因,就是把鸡蛋敲在头上。这么做又有两种方式,轻轻地敲几下,或者重重地一击。

萨拉喜欢轻敲,而雷梦拉和校园猩猩一样喜欢重击一下。她紧紧地抓着鸡蛋,等到一桌人都看着她的时候,"啪"的一声往头上猛力一敲。这时,她突然感到手上满是碎壳,还有一些凉凉的、黏糊糊的东西从脸上滑了下来。

桌上所有人都倒抽了一口气。过了几秒钟,雷梦拉才意识到发生了什么。她的鸡蛋是生的。妈妈根本没有煮过这只蛋。她试着抹去脸上还有头发上的蛋黄和滑溜溜的蛋清,结果却弄得满手都是。她眼睛里满是愤怒的泪水,只能用手背去擦。饭桌上的惊讶声顿时变成了咯咯的笑声。而在另一张桌子上,雷梦拉看见校园猩猩正在朝她坏笑。

这时,个子高高、喜欢扮演母亲角色的玛莎说:"没关系,雷梦拉。我带你去洗手间帮你洗掉蛋汁。"

雷梦拉丝毫也不感激她。"你走开。"她一边说着一边又为自己的无理而感到羞愧,但她不想让这个三年级的女孩把她当小孩儿看。

负责午餐的值班老师这时也赶了过来,玛莎把桌子上

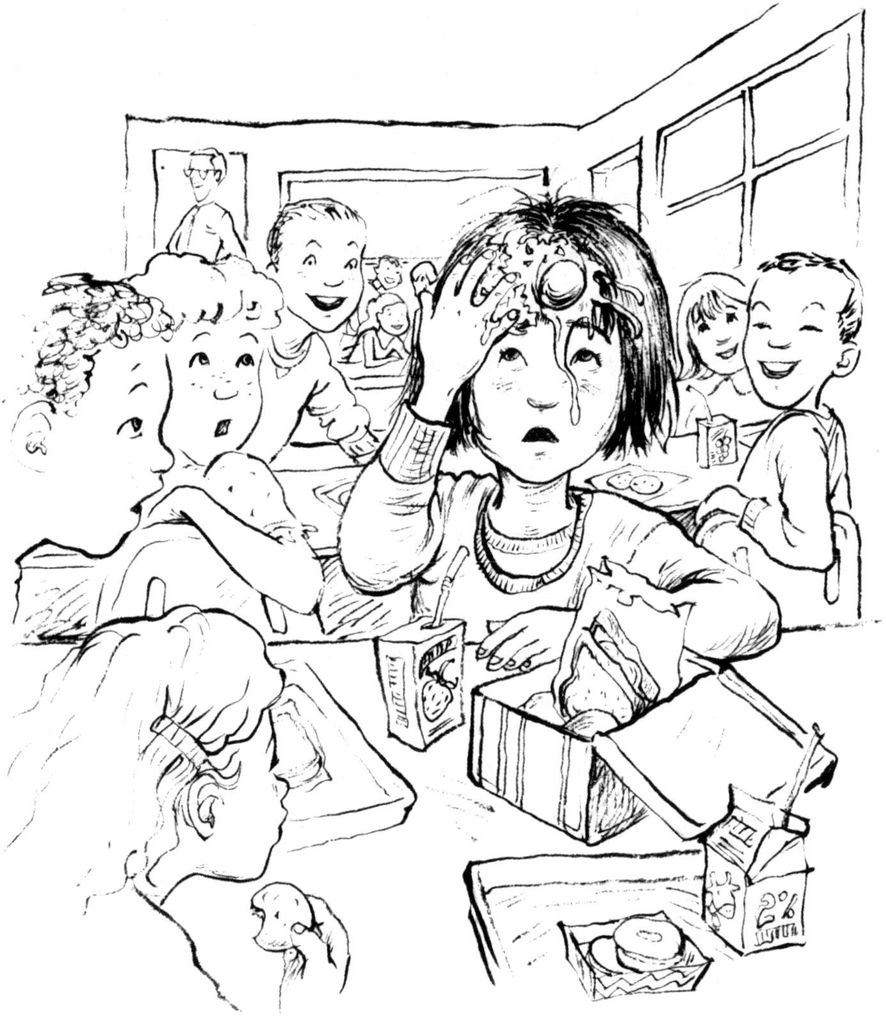
2%

所有饭盒里的纸巾都收集起来交给老师去擦鸡蛋。然而,纸巾吸不掉雷梦拉头上的蛋汁,反而把蛋清和蛋黄弄得她满头都是。蛋清逐渐变干,雷梦拉的脸也变得僵硬起来。

"把她带到办公室去。"老师对玛莎说,"拉森太太会帮她的。"

"来吧,雷梦拉。"玛莎的口吻像是在哄幼儿园的小宝宝,雷梦拉手上也是蛋汁,玛莎只好把手搭在她的肩上。

雷梦拉甩开她的手,"我自己可以去。"她说着跑出了餐厅。她气急了,根本没注意到旁边的笑声和一些同学投来的同情目光。雷梦拉气自己去跟风,气校园猩猩朝她坏笑,但她最气妈妈没把鸡蛋煮熟!等她跑到办公室,她的脸已经僵硬得像个面具。

雷梦拉差点儿撞在校长惠特曼先生的怀里,这只会让她的心情更加糟糕。碧翠西曾经告诉她要想拼写"校长"这个单词,就要记住单词的结尾是 p-a-l,是伙伴的意思,因为校长就是她的伙伴[①]。打那以后,雷梦拉总是想要避开校长。她不想让校长做她的伙伴。她希望校长能坐在办公室

[①]校长的英文是 principal,而伙伴的英文是 pal。

国际大奖小说

里,安安静静地做好自己的事。惠特曼先生一定也是这么想的,因为他几乎跳了起来,迅速闪到一边。

拉森太太是学校秘书,她看了雷梦拉一眼,从办公桌前站了起来说:"天哪,得赶快帮你洗洗才行!"

雷梦拉点点头,她很感激拉森太太,因为看她的样子好像每天都有满脸鸡蛋的三年级学生过来报到。秘书把她带进一个小房间,里面有一张小床、洗脸盆,和一个连着办公室的厕所。

"让我看看。"拉森太太说,"我们怎么对付这个呢?我想最好先洗干净你的手,然后再洗洗头发。你听说过鸡蛋香波吗?据说效果很不错。"

"哎哟!水好冷。"雷梦拉的脑袋刚一伸进洗脸盆,她便叫了出来。

"没有热水可能是件好事。"拉森太太说,"你也不想在头上做碗蛋花汤,是吧?"她搓着头发,雷梦拉冷得直吸气。她用水冲掉头上的鸡蛋,雷梦拉则不停地抽着鼻子。最后,拉森太太终于说:"我只能做到这样了。"然后递给雷梦拉一沓纸巾。"尽量擦干。"她说,"你可以回家再好好洗洗。"

雷梦拉接过纸巾。她坐在小床上,用毛巾不断地擦着

头发,觉得又丢脸又气愤。她听到办公室里传来的声音,有敲打字机的声音,还有电话铃声和拉森太太接电话的声音。

雷梦拉渐渐冷静下来,感觉好些了。或许肯普太太会让她放学后在她家洗头发。她可以让薇拉珍假装在美发店工作,然后只字不提持续默读的事情。有一次薇拉珍坚持说她只是在看书而已,而雷梦拉想把持续默读的时间尽量拖久一些。

午饭快结束的时候,雷梦拉听见老师们进了办公室,放文件或是察看布告栏里的信息。很快,她就有了一个有趣的发现,老师们在谈论他们的班级。

"我的班级今天表现得很好。"一个老师说,"我简直不敢相信。他们真是一群小天使。"

"我不知道我的班级今天怎么回事。"另外一个说,"昨天他们还知道怎么做减法,今天就全忘了。"

"可能是天气的原因吧。"一个老师说。

雷梦拉发现这些谈话很有意思。她努力吸干头发上的水,突然听见威利太太兴奋的洪亮嗓音。"这些是我本来昨天要交的测验卷子。"她说,"对不起,交得有些晚了。"拉森夫人的回答雷梦拉听不太清。

然后,威利太太说:"我听说我们班那个爱出风头的小家伙过来的时候满头都是鸡蛋。"她笑起来,"真是一个讨厌鬼。"

雷梦拉大吃一惊,连拉森太太是怎么回答的她都没有听清。爱出风头的小家伙!讨厌鬼!难道威利太太认为她把一个生鸡蛋砸碎在头发里是为了要出风头?是为了被老师说成讨厌鬼吗?她根本不是讨厌鬼,还是……她的确是?雷梦拉又不是故意的。那都是妈妈的错。难道这个意外就让她变成了一个讨厌鬼?

雷梦拉不明白为什么威利太太会认为她是一个讨厌鬼,蛋清又没弄到她手上。但雷梦拉明明听见威利太太大声说她是一个爱出风头的小家伙,一个讨厌鬼。她很伤心,真的很伤心。

雷梦拉坐在那里一动不动,手里拿着湿乎乎的纸巾。她没把它们丢进垃圾桶,生怕发出一丁点声音。午饭结束了,她还坐在那里,身体已经麻木,心也没有了知觉。她再也无法面对威利太太了,永远无法面对。外面传来了拉森太太轻快的打字声。正如她希望的那样,雷梦拉被人遗忘

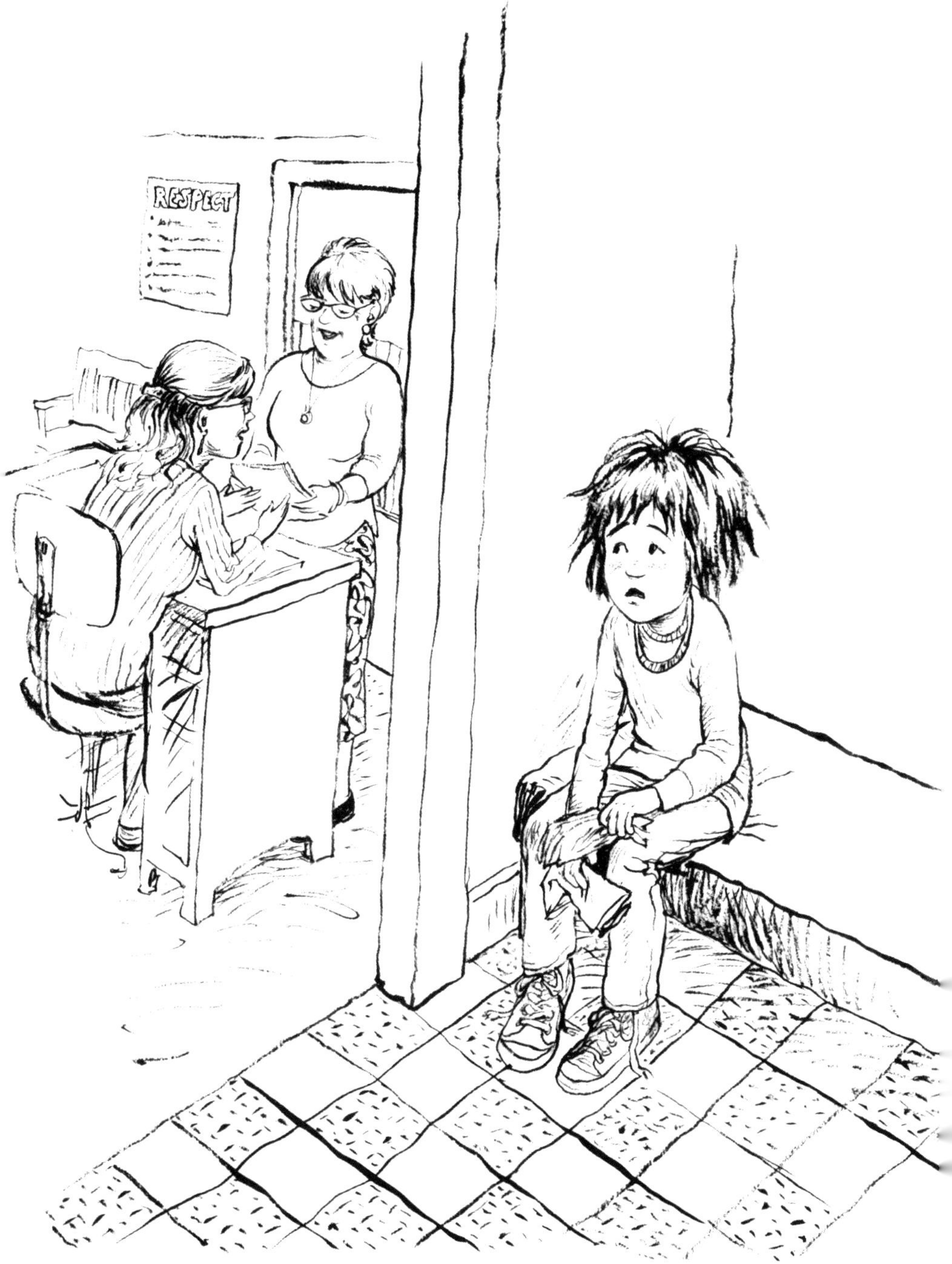
RESPECT

了。她甚至希望也能被自己遗忘,忘掉她那已经干硬成一条一条的恐怖头发。她觉得自己都不像一个真正的人了。

接着她听到了校园猩猩的声音。"拉森太太。"他的声音急促,呼吸粗重,听上去像是一路从大厅里跑过来的,"威利太太让我和您说一声,雷梦拉午饭结束后还没有回来。"

打字声停了下来。"我的天哪。"拉森太太叫了起来,她走到门口,"雷梦拉,你怎么还在这里?"

雷梦拉不知道该怎么回答。

"赶紧和丹尼回教室去。"她说,"抱歉,我真的把你给忘了。"

"我一定要回去吗?"雷梦拉问。

"当然。"拉森太太说,"你的头发差不多干了。你不想错过上课吧?"

雷梦拉当然不想上课。永远不想。她的三年级就这么被毁了。

"哎,走吧,雷梦拉。"校园猩猩这次没有取笑她。

雷梦拉对于校园猩猩的同情感到非常惊讶,她不情愿地离开了办公室。她希望校园猩猩能走在她前面,但是他

却和她并排走着,不像对手,而像朋友。雷梦拉和他一同走在大厅里,心里有一种奇怪的感觉。她走在校园猩猩的旁边,觉得有必要告诉别人这件可怕的事情。"威利太太不喜欢我。"她平静地说。

"不要让老威利影响你的心情。"他回答,"她喜欢你,知道吗,你是个好孩子。"

雷梦拉听到自己的老师被叫作"老威利",震惊了一下。不过,听到校园猩猩这么说,她舒服一些了。她开始喜欢他了,真的。

到了教室,校园猩猩大概觉得刚才对雷梦拉太友好了,他回过头,摆出了习惯性的笑容,说:"鸡蛋头!"

噢!雷梦拉只能跟着他进了教室。持续默读,也就是威利太太所说的"丢下一切开始阅读"已经结束了,全班同学正在练习书写草写体的大写字母。威利太太正在黑板上书写一个大写的 M。"往下一竖,回到起点,往下,再往上,再往下。"雷梦拉的目光躲避着老师,她拿出纸和笔,开始小心地写下字母。她享受着这个过程,心情也慢慢好了起来,直到她开始写字母 Q。

雷梦拉坐在那里看着草写体的大写字母 Q,也就是她

姓氏的第一个字母。雷梦拉一直很喜欢 Q，它是唯一拥有一条可爱小尾巴的字母。她喜欢印刷体的 Q，但是她不喜欢自己写出来的 Q。她写得很对，但看上去却像一个大大的、长长的 2，让她觉得把一个这么漂亮的字母书写成这样实在很愚蠢。

雷梦拉当时就决定以后再也不写草书的 Q 了。她可以草写她姓氏的后几个字母，但是无论威利太太怎么说，她都坚持用印刷体写 Q。

就这样，威利太太，雷梦拉心想，要是我不愿意的话，你不能强迫我写草体的 Q。她又开始觉得自己像是一个真正的人了。

第四章 饭桌上的争吵

"雷梦拉,"星期六的时候昆比太太说,"我告诉过你我一次会煮好几个鸡蛋,用不着每天早晨都给你煮一个。我把煮过的鸡蛋放在一层,生鸡蛋放在另一层。那天早晨我太着急了,所以拿错了鸡蛋。我很抱歉,但我也没什么好说的了。"

雷梦拉依旧闭着嘴。她心情低落,很不开心,她想原谅妈妈,可心里又过不去这个槛。听到老师说她是"爱出风头的小家伙"和"讨厌鬼"实在是太让她伤心了,她没办法不发脾气。

昆比太太疲惫地叹了口气,收起床单和毛巾,塞进地下室的洗衣机里。雷梦拉盯着窗外,希望淅淅沥沥下个不

停的雨能够快点停下来,这样她就可以出门溜冰,把坏心情一扫而光。

碧翠西什么忙也帮不上。她和另外几个女生整夜都待在玛丽·简家里看恐怖片,吃爆米花,然后又因为害怕而睡不着觉,一晚上都在聊天儿。早晨碧翠西回到家,一脸困意,脾气也很差,几乎是倒头就睡。

雷梦拉在房子里到处闲逛,想找点事情做。她发现爸爸坐在沙发上,手里拿着铅笔,膝盖上放着画板,正对着自己的一只光脚丫发愁。

"爸爸,你这是在干什么呀?"雷梦拉好奇地问。

"我也在问自己这个问题呢。"爸爸一边回答,一边动了动脚趾,"我要为艺术课画一幅自己的脚。"

"真希望我们也有这样的作业。"雷梦拉说着找出了铅笔和纸,脱下一只脚上的鞋袜,然后爬到沙发上坐在爸爸身边。两个人研究了一番自己的脚丫,开始动起笔来。雷梦拉很快就发现画脚要比自己想象的难。和爸爸一样,她又盯脚又皱眉,画了又擦,然后继续盯着脚看,皱眉,接着再画。很快,她就忘了自己还在生气,开始自得其乐了。

"好了。"雷梦拉终于画完了。她的作品虽然称不上完

美，但是还不错。她看了看爸爸的画纸，顿时大失所望。他的画属于会被老师钉在墙角，除了艺术家之外无人问津的那种作品。爸爸的脚看上去就像一只动物的脚掌。雷梦拉第一次开始怀疑爸爸到底是不是世界上最棒的艺术家。这个想法让她很难过，并再次提醒她自己还在气头上呢。

昆比先生看看雷梦拉的画。"还不错，"他说，"真的不

错。"

"我的脚好画。"雷梦拉觉得自己好像应该为画作超越了爸爸而道歉,"我的脚更——干净。"她解释说,"你的脚太瘦了,脚趾上面全是毛。画起来就更难了。"

昆比先生把他的画揉成一团丢进了火炉。"你的话让我觉得自己是个大脚怪。"他苦笑了一下,向雷梦拉丢了一个垫子。

一天就这么过去了。到吃晚饭时,妈妈看上去更累了,可雷梦拉还没有原谅她。昆比先生已经揉掉了好几张他不满意的画,碧翠西也从房间里出来,睡眼惺忪。这时,妈妈叫全家过来吃晚饭。

"要是还有玉米面包就好了。"雷梦拉说,其实她也不是特别喜欢吃玉米面包,只不过心情不好,就总想找碴儿。玉米面包黄黄的很可爱,在阴暗的一天里光是看看就能让人心情愉快。雷梦拉往前凑,去闻盘子里的菜。

"雷梦拉。"即使爸爸没有说出后面的话,雷梦拉听声音也知道那是什么意思,"在这个家里不许乱闻食物。"

雷梦拉坐起身来。花椰菜和烤土豆,吃起来都很方便,还有炖肉。雷梦拉俯身去看盘子里的肉,没有一丝肥肉,上面只淋了一点点肉汁。很好,雷梦拉一点儿肥肉都不吃,她不喜欢那种滑腻的口感。

"味道真不错。"昆比先生评价道,他吃东西之前向来不检查。

"好吃,肉还很嫩。"碧翠西说,度过了难熬的一夜后,她又开始来精神了。

雷梦拉抓起叉子,把肉叉进盘子里,开始用刀切肉。

"雷梦拉,把叉子拿好。"爸爸说,"不要用拳头攥着,叉子又不是匕首。"

雷梦拉轻叹了口气,换了个姿势拿叉子。大人们永远也记不住,对于一个胳膊肘儿还够不到桌面的人来说,切肉有多么困难。她按照爸爸妈妈认为正确的姿势成功地切下了一块肉。肉质非常细嫩,和妈妈以前做的炖肉完全不一样,而且味道也好极了。"真好吃。"雷梦拉说,忘记了自己还在生气。

全家人都满意地吃着晚餐,没有人说话。忽然,碧翠西把炖肉上的肉汁拨到了一边。肉汁会让人发胖,虽然碧翠西很苗条,甚至有些偏瘦,但她还是不碰肉汁。

"妈妈!"碧翠西责备地说,"这肉怎么疙疙瘩瘩的?"

"是吗?"昆比太太一脸无辜。

雷梦拉看出妈妈在掩饰着什么,她看见爸爸妈妈偷偷对视了一下,很是神秘。于是她也把肉汁拨到一边。碧翠西没说错,肉的一侧覆盖着一层小疙瘩。

"这是牛舌。"碧翠西把盘子连同叉子都推到一边,"我不喜欢舌头。"

舌头?!和碧翠西一样,雷梦拉也迅速把肉推到一边。"真恶心。"她说。

"姑娘们,别傻了。"昆比太太严厉地说。

"你们说不喜欢舌头是什么意思?"昆比先生问,"你们刚才明明吃得很香。"

"可我刚才不知道那是牛舌。"碧翠西说,"我讨厌舌头。"

"我也是。"雷梦拉说,"那些小疙瘩真恶心。我们为什么要吃这种肉呢?"

昆比太太失去了耐心,"因为牛舌更便宜,而且有营养。"

"我说,"昆比先生说,"你们根本就是在胡闹。你们不知道这是牛舌的时候还很喜欢吃,现在有什么理由不吃?"

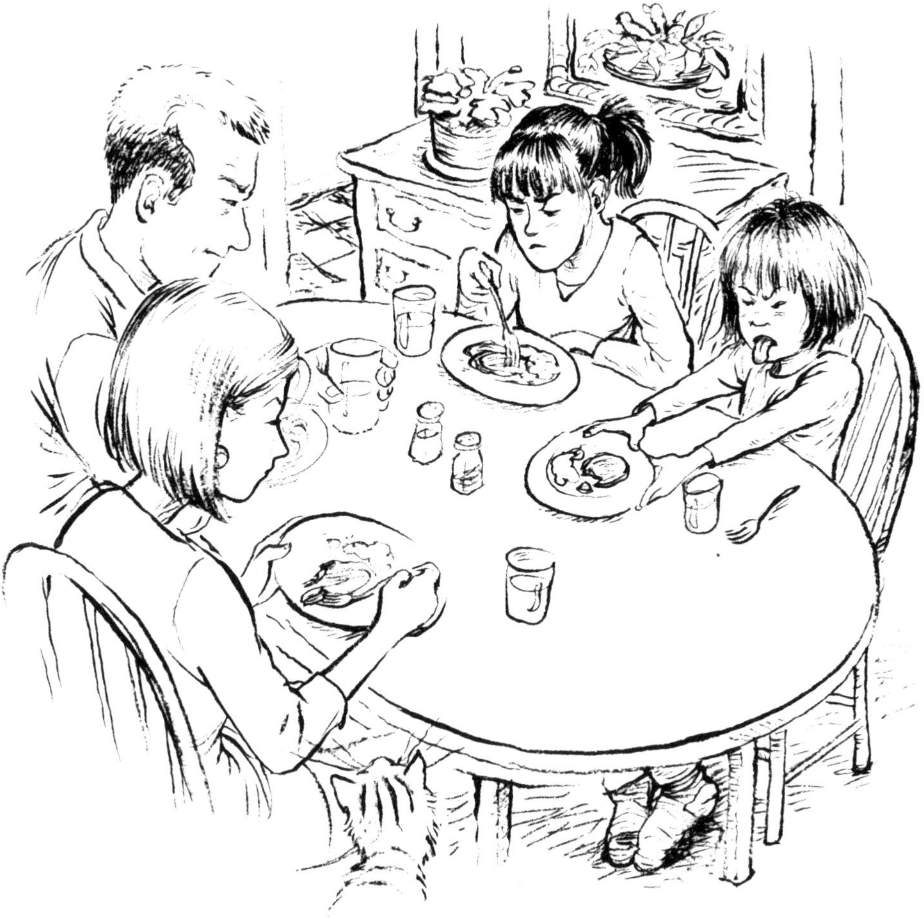

"是啊,你们的反应也太可笑了。"昆比太太说。

"舌头就是恶心嘛。"碧翠西说,"大腕儿可以吃我那份。"

"还有我那份。"雷梦拉跟着说,她知道她应该把肉都吃了,可那是舌头啊……爸爸妈妈也太过分了。

晚饭继续在一片沉默中度过,两个女孩心里有些愧疚,但是依然做着抗争,而父母还是不依不饶。昆比先生吃完了自己那份牛舌,还主动把雷梦拉那份也吃掉了。大腕儿在一旁呜呜叫着,听起来像一个生了锈的发动机。它走进客厅,在每个人的腿边蹭来蹭去,提醒大家它也要吃。

"我真不明白,"昆比太太说,"为什么我们要把这只猫叫作大腕儿。"她和昆比先生把脸转到一边,努力憋着笑。女孩们绷着脸对视了一眼。家长可不应该嘲笑他们的孩子。

碧翠西默默地收拾餐桌,昆比太太拿出了苹果酱和燕麦曲奇,昆比先生开始高谈阔论他在冷冻食品仓库里扮演圣诞老人小帮手的工作。他讲到有人打开冷库的门,带进温暖的空气时,雪就会从门上落下来。他讲到一个男人离开冷库时,不得不把胡须上的冰柱敲碎。

门里的雪,胡子上的冰柱——雷梦拉满脑子都是问号,但她没有开口问。或许当圣诞老人的小帮手并没有她想的那么有趣。

吃完最后一点儿饼干渣,昆比先生对太太说:"你需要休息一下。明天两个小丫头会做晚饭,你就放心吧。"

"好主意。"昆比太太说,"有时候我还真讨厌做饭。"

"可我明天要去玛丽·简家。"碧翠西抗议道。

"打电话告诉她你明天不能去了。"昆比先生的嗓音听上去既欢快又无情。

"这不公平。"碧翠西说。

"那怎么才公平?"昆比先生说。

碧翠西答不上来,雷梦拉这才发现她们的处境并不乐观。在这种情况下,爸爸是不会改变主意的。"但是我不会做菜。"雷梦拉也抗议道,"除了果冻和法式吐司。"

"这不是理由。"昆比太太说,"你都上三年级了,又会读书。会读书的人都会做菜。"

"那我们要做什么?"碧翠西知道已经无计可施了,姐妹俩不得不接受这个事实。

"就和我平常做的一样。"妈妈说,"冰箱里的食材都可

以用,随便做什么都可以。"

"我要玉米面包。"昆比先生说,表情严肃,眼中却闪烁着一丝调皮。他看着雷梦拉说:"我希望能吃到玉米面包。"

那天晚上收拾好餐具之后,大腕儿在舔胡须上的肉汁,爸爸妈妈在看晚间新闻。雷梦拉进了碧翠西的房间,关上了门。"这都是你的错。"她提醒正躺在床上看书的姐姐,"你就不能忍着不说吗?"

"你不也一样?"碧翠西说,"你还说了句恶心呢。"

姐妹俩都意识到互相指责可解决不了问题。

"反正你也喜欢做菜。"雷梦拉说。

"你不也喜欢做果冻和法式吐司吗?"碧翠西说。

她俩互相对视着。这到底是怎么回事?为什么爸爸妈妈不想做饭?

"他们太坏了。"雷梦拉说。

"他们在惩罚我们。"碧翠西说,"他们就是这么想的。"

姐妹俩板着脸。她们是喜欢做菜,但不喜欢被罚。她们安静地坐着,对爸妈有一肚子的抱怨,尤其是她们那不公平、不仁慈的爸妈,毫不感恩自己能有这好的女儿。要是能拥有碧翠西和雷梦拉这样的好女儿,许多家长都会感天谢地的。

"要是我有一个小女儿,我一定不让她吃舌头。"雷梦拉说,"我会给她好吃的,就像酿橄榄和鲜奶油。"

"我也是。"碧翠西也同意,"我在想我们能做什么呢?"

"我们去看看冰箱里有什么。"雷梦拉建议。

碧翠西表示反对,"他们要是听到我们开冰箱的声音,就会认为我们饿了,然后就会抓住我们不吃晚饭这件事给我们上一课。"

"可我真的饿了。"雷梦拉说,虽然她明白碧翠西的意思。好吧,反正明天早饭之前,她也饿不死。她这会儿正想着法式吐司:面包裹着金黄色的蛋液,上面还撒着一层雪花般的砂糖。

"也许……"碧翠西思考着,"要是我们明天表现超好的话,说不定他们就不追究了。"

现在,雷梦拉又难过又气愤。她已经尽力完成自己在豪伊家的职责,但现在她们自己的家却不团结,这是不对的。也许碧翠西说得对,逃过惩罚的唯一方法就是超好的表现。

"好吧。"雷梦拉闷闷不乐地同意了。超好的表现,这真

是一个软弱的想法,但总比被罚要好。

雷梦拉回到自己的房间,蜷在床上看书。她期待爸爸妈妈能够遇到什么好事情,可以让他们忘记晚饭时发生的一幕。她希望爸爸可以画出一只完美的脚,会让老师挂在教室黑板的正中央。也许一只完美的脚能够让他开心起来。

至于妈妈,或许雷梦拉可以原谅她带错了鸡蛋,这样她就能开心起来。其实,雷梦拉心里已经原谅了妈妈,而且对妈妈发脾气,她也很难受。她很想告诉妈妈,但现在不行,还不是时候。

第五章　厨房大灾难

　　星期天早晨,雷梦拉和碧翠西下决心到晚饭之前都要表现完美。她们自己起了床,破天荒地没有争抢看报纸,还称赞了妈妈做的法式吐司,然后梳洗整齐,满脸微笑地踏进了毛毛细雨中,去上主日学校①。

　　之后,她们又主动打扫了自己的房间,午饭时也没有抱怨盘子里的碎牛舌三明治。尽管里面加了些酸黄瓜,但她们还是吃出了牛舌的味道,只不过没那么恶心了。饭后,她们擦干了盘子,小心翼翼地不往冰箱方向看,以免提醒妈妈她们的晚餐处罚。

---

　　①星期日对儿童进行宗教教育的学校。

昆比先生和昆比太太心情都很好。事实上,每个人的心情都好得有些不自然,这反而让雷梦拉浑身不自在。到了下午,晚餐的事还是没有人提起。姐妹俩真的要准备晚餐吗?

为什么没人吭声呢?雷梦拉想,她厌倦了做个乖孩子,也厌倦了想要原谅妈妈给她带了生鸡蛋。

"好了,又要画这只脚了。"昆比先生说,他再次坐到沙发上,拿起画板和铅笔,脱下了自己的鞋袜。

雨终于停了。雷梦拉看着人行道渐渐变干,想起了柜子里那双溜冰鞋。她朝碧翠西的房间望去,看到姐姐正在看书。雷梦拉知道碧翠西想打电话给玛丽·简,但又决定等玛丽·简先打电话来问她为什么还没去。玛丽·简的电话迟迟没来。一天就这么晃晃悠悠地过去了。

等外面的水泥地都干得差不多了,只剩人行道两边还有一点点水渍时,雷梦拉把溜冰鞋从柜子里拿了出来。爸爸此时正在研究自己的大作,雷梦拉说:"好了,我要出去溜冰了。"

"你没忘记什么事吗?"他问。

"什么?"雷梦拉反问道,她心里清楚得很。

"晚餐。"爸爸说。

一整天都悬而未决的问题终于有了答案。

"我们逃不掉了,"雷梦拉对碧翠西说,"现在开始不用再做乖宝宝了。"

姐妹俩走进厨房,关上门,打开了冰箱。

"一盒鸡腿,"碧翠西喃喃地说,"一盒冻豌豆。两盒酸奶,一盒原味的,一盒香蕉味的,看来酸奶一定在做促销。"她关上冰箱,去拿了本菜谱来。

"我可以做座位牌。"雷梦拉说,碧翠西哗哗地翻着书。

"座位牌又不能吃。"碧翠西说,"再说了,你要负责做玉米面包,是你先提出来的。"两个女孩低声交流着,厨房里的事情没必要让她们那自私的爸妈知道。

在妈妈的菜谱里,雷梦拉发现了一张做玉米面包的卡片。那是昆比先生的奶奶写下的,字迹潦草,让雷梦拉很难辨认。

"我找不到鸡腿的做法。"碧翠西说,"只有整鸡的做法。我只知道妈妈把鸡腿放在平底玻璃盘上烤,还浇了一些调味汁在上面。"

"好像是在蘑菇汤里撒一些配料。"雷梦拉想起她见过

妈妈那么做。

碧翠西打开放罐头食品的碗橱。"可这里没有蘑菇汤,"她说,"我们要做什么呢?"

"把汤汤水水的东西都混起来。"雷梦拉建议,"难吃的话最好。"

"我们就干脆做得难吃些。"碧翠西说,"让他们也尝尝我们吃舌头的滋味。"

"什么东西难吃?"雷梦拉很喜欢这个提议,和姐姐联合起来对付敌人,这会儿敌人就是她们的父母。

碧翠西总是很实际,她马上改变了主意,说:"这么做没用的。我们也要吃饭啊,再说他们那么坏,搞不好还要我们洗盘子。不管怎样,这关乎咱俩的面子,他们肯定认为我们做不出什么好菜来。"

雷梦拉还有一个方案,她说:"把所有东西都扔到一起做道大锅菜吧。"

碧翠西打开一盒鸡腿,面露难色。"我可碰不了生肉。"她说着用两把叉子夹起了一个鸡腿。

"我们非要连鸡皮一起吃吗?"雷梦拉问,"上面净是些恶心的小疙瘩。"

碧翠西找来一副厨房用的钳子。她试着用一把叉子按着鸡腿,然后用钳子去撕鸡皮。

"给我,我来拿鸡腿。"雷梦拉说,虫子和生肉对她来说都是小菜一碟。她牢牢地抓住鸡腿,碧翠西用钳子夹住鸡皮。两个人一起用力拉,皮便被扯了下来。她们像玩拔河一样处理好每个鸡腿,在厨房案台上留下了一堆难看的鸡皮,玻璃盘里则摆着一排光溜溜的鸡腿。

"你还记得妈妈放的那些配料是什么吗?"碧翠西问。可雷梦拉想不起来了。她们研究着架子上的调味料,把瓶瓶罐罐挨个拧开来闻。肉豆蔻?不是。丁香?太难闻了。肉桂?天哪。辣椒粉?好吧……就是它了。雷梦拉想起那些配料是红色的。碧翠西把半勺暗红色的粉末拌进了酸奶里,然后浇在鸡腿上。她把盘子放进烤箱,把温度调到三百五十华氏度,这是菜谱上面推荐的烤鸡温度。

客厅里传来了爸爸妈妈说话的声音,一会儿严肃,一会儿又大笑起来。我们却要在这边做苦力,雷梦拉边想边爬上案台去拿玉米粉,下来以后才发现她还要再上去拿发酵粉和小苏打。最后,她为了节约时间,干脆跪在案台上,让碧翠西把鸡蛋递给她。

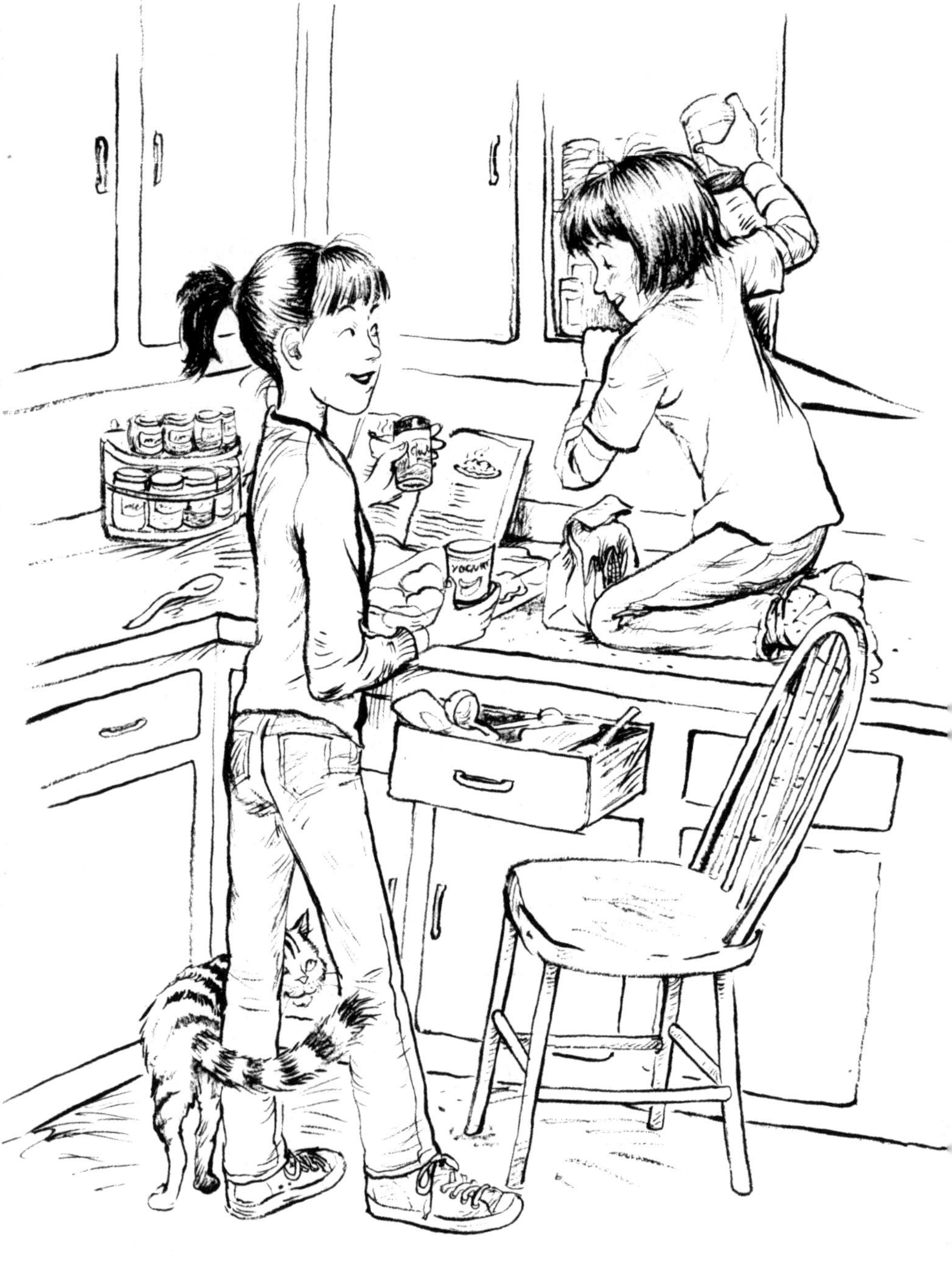
YOGUR

"幸好没让妈妈看见你这样。"碧翠西给了雷梦拉一个鸡蛋。

"我还要拿什么?"雷梦拉打好鸡蛋,把蛋壳丢在案台上,"我现在需要脱脂奶。"

碧翠西告诉她一个坏消息:冰箱里没有脱脂奶了。"那我怎么办?"雷梦拉紧张地小声说。

"来,用这个。"碧翠西塞给她一盒香蕉口味的酸奶,"反正都是奶,你就凑合用吧。"

厨房的门开了一道缝。"这里进行得怎么样了?"昆比先生问道。

碧翠西冲过去顶住门。"不许进来!"她命令道,"晚餐会是……一个惊喜!"

雷梦拉还以为碧翠西会说晚餐会一团糟呢。她搅拌着鸡蛋和酸奶,称面粉的时候还撒了点在地上,紧接着发现自己的玉米粉不够用了。她更紧张了。

"我的烹饪老师说,每次做饭之前都要先检查食材是否齐全。"碧翠西说。

"闭嘴吧。"雷梦拉拿过一包麦乳粉,样子看上去和玉米粉差不多。她这次只撒了一点儿在地上。

吃鸡腿的时候,用什么来就着鸡肉上的调味汁一起吃呢?米饭!碧翠西根据包装上的说明称米,烧水,撒在地上的麦乳粉被她踩得嗞嗞乱响。烧饭的时候,她溜进了客厅摆桌子,突然想起她们忘记了准备色拉。色拉!就用胡萝卜条充当吧。碧翠西忙动手在水池里削胡萝卜。

"哎呀!"雷梦拉在案台那边叫了起来,"米饭!"平底锅的盖子嗒嗒直响。碧翠西从碗橱里一把抓出一个更大的锅子,把米饭倒了过来。

"姑娘们,需要帮助吗?"昆比太太的声音从客厅里传来。

"不用!"两个女儿一起回答。

接着又发生了一个悲剧。玉米面包应该在四百华氏度的温度下烤,比烤鸡的温度高。怎么办呢?

"随便往烤箱里一放算了。"碧翠西的脸发红了。

玉米面包被摆在了鸡腿旁边。

"还有甜点!"碧翠西低声说道。她只能找到一听罐装生梨,里面的生梨都被切成了半个半个。她马上去翻菜谱。"用一小块黄油将梨子加热,然后搭配果冻。"她读道。果冻至少需要半罐杏子酱。她把生梨和黄油放进炖锅,已经顾不得地板上洒的糖浆了。

"碧翠西!"雷梦拉举起那盒冻豌豆。

天哪!忘记放豌豆了!这时候鸡腿只有半熟,碧翠西先把解冻了一半的豌豆倒进酸奶里,又把烤盘重新推进了烤箱。

米饭!她们忘记了米饭,现在米饭都粘锅了,她们赶紧关上火。妈妈平时究竟是怎么安排这么多菜的呢?她们把胡萝卜条放进盘子。倒好牛奶。"蜡烛!"碧翠西轻声说,"要是有蜡烛,晚餐就会显得更加美味。"

雷梦拉找到了两个烛台和两支长短不一、烧过一半的蜡烛。其中一支是在万圣节的南瓜灯里找到的。碧翠西划了一根火柴去点蜡烛,因为雷梦拉虽然敢碰生肉,却不敢用火柴。

鸡腿烤好了吗?姐妹俩焦急地检查着她们的主菜,鸡腿的边缘冒着泡泡,有些地方已经变成了棕色。碧翠西用一把叉子戳了戳鸡腿,没有血冒出来,那就应该是烤熟了。她们又拿了一根牙签刺进了玉米面包,拔出来的时候,牙签上面很干净,说明玉米面包也好了,虽然是瘪的,但至少烤好了。

一阵嗞嗞声从女孩们脚下传来。这么一点点的麦乳粉居然让整个厨房地板踩起来就像沙滩一样,这让她们非常惊奇。最后,晚餐终于做好了,客厅灯光的熄灭宣告着晚餐的开始。两位厨师的紧张与忧虑隐藏在烛光的阴影里,她们坐了下来,爸爸妈妈也落座了。这桌晚餐到底能不能吃呢?

"蜡烛!"昆比太太激动地说,"真有节日气氛啊!"

"吃之前我们先尝一下。"昆比先生坏笑了一下。

两个女孩担心地看着爸爸咬下第一口鸡肉。他仔细咀嚼了几下,然后异常惊讶地说:"还真好吃啊!"

"是真的。"昆比太太也吃了一口玉米面包,"非常好吃,雷梦拉。"

昆比先生尝了尝玉米面包。"就和奶奶以前做的一样。"他说。

姐妹俩相视一笑。他们应该尝不出香蕉酸奶的味道,而且在烛光下,没有人能看出玉米面包的颜色有些浅。至于那盘烤鸡腿,雷梦拉也知道没有爸妈想的那么好,或像他们表现出来的那么好,但至少还咽得下去。每个人都松了口气,昆比太太说用辣椒粉要比甜椒粉更好吃,还问她们烤鸡腿是按照哪本菜谱做的。

雷梦拉说:"是我们自己想出来的。"她和碧翠西又对视了一眼。调味汁中的那些配料原来是甜椒粉。

"我们想要创新一下。"碧翠西说。

餐桌上的谈话要比前一天轻松得多。昆比先生说他终于有了满意的作品,这次画得像一只真正的脚了。碧翠西说她的烹饪课正在研究每人每天要吃的食物种类。雷梦拉也提到有个男孩在学校里喊她"鸡蛋头"。昆比先生解释说"鸡蛋头"是一句俚语,用来形容那些头脑聪明的人。雷梦拉听了以后开始对校园猩猩有些好感了。

晚餐进行得非常顺利。但愿鸡肉能像姐妹俩期望的一样美味,玉米面包也能和妈妈做的一样蓬松地鼓起来,至少两道菜都还能吃。看到爸爸妈妈喜欢,或者说假装喜欢她们准备的晚餐,碧翠西和雷梦拉心中暗含感激。一家人都很开心。等吃完生梨罐头配杏子果酱的甜点,雷梦拉不好意思地朝妈妈笑了笑。

昆比太太也朝她微笑,拍了拍雷梦拉的手。雷梦拉的心情更加愉快了。不用说,关于那只倒霉的鸡蛋,雷梦拉已经原谅了妈妈,而妈妈也知道了。雷梦拉又开心起来了。

"你们两个小厨师做菜这么努力,"昆比先生说,"那我就去洗盘子吧,再把桌子擦干净。"

"我来帮你。"昆比太太兴奋地说。

姐妹俩神秘地偷偷一笑,在爸爸妈妈还没有发现厨房案台上成堆的鸡皮、碎蛋壳,水池里的胡萝卜皮和地上的麦乳粉、面粉和糖浆之前,她们抢先告辞,溜回了自己的房间。

第六章 十足的讨厌鬼

昆比一家又变得其乐融融了,至少表面上看是这样的。只是夜里的时候,昆比先生和太太总是关上房门,在里面讨论一些重要的问题。雷梦拉满心期待听到欢笑声,但里面传出的严肃对话让她很担心。然而,第二天吃早饭的时候,他们又很欢乐,只是看上去每个人都更加匆忙了。

在学校雷梦拉就更别扭了。因为担心成为老师眼中的讨厌鬼,她不再主动回答问题,除了坐校车和持续默读,她甚至害怕上学。

一天早晨,雷梦拉正在祈祷自己能不去上学,她边想边用勺子在麦片中间挖了一个小洞,看着牛奶慢慢地漫过麦片。她听见车库里汽车的轰鸣声,好像不愿意启动似的

在低声怒吼。"呼——"她模仿着发动机的声音。

"雷梦拉,别磨磨蹭蹭了。"昆比太太正在打扫客厅,她捡起报纸,摆好靠垫,用抹布抹干净窗台和咖啡桌。她把这些称为简单家务。昆比太太不喜欢回家的时候屋子里乱糟糟的。

雷梦拉吃了几勺麦片,但是不知怎么的,今天早晨勺子好像格外沉重。

"把牛奶也喝了。"妈妈说,"记住,不好好吃早餐,你学习起来也没有精神。"

这样的话雷梦拉几乎每天都能听到,她也就没放在心上。她习惯性地把牛奶喝光,还消灭了大部分面包。车库里的小汽车已经不发脾气了,开始哒哒哒地响了起来。

雷梦拉离开餐桌去刷牙,听见爸爸隔着后门在叫妈妈:"多萝西,你能过来开车吗?我要把它推到街上去。我没办法倒车。"

雷梦拉漱了漱口,跑到窗前去看,妈妈正把着方向盘,爸爸则用尽全力把车从车道里慢慢推到大街上。昆比太太发动了汽车,沿着便道慢慢往前开。

"现在试着倒车。"昆比先生指挥她。

昆比太太立刻喊道:"我倒不了啊!"

雷梦拉穿上外套,拿起饭盒,急忙冲出去看这辆只能前进不能后退的车。不过,爸爸妈妈可一点儿也不觉得有趣。

"我先去修车。"昆比先生看上去很生气,"然后坐公交车去学校,第一堂课算是泡汤了。"

"那我去修车,你快去等公交车吧。"昆比太太说,"我到办公室前,答录机还能帮我撑一会儿。"然后,她发现雷梦拉还站在人行道上,她说:"赶紧跑去车站,否则你要错过校车了。"然后还给了雷梦拉一个飞吻。

"要是你需要倒车呢?"雷梦拉问。

"那就要看我的运气了。"妈妈回答,"快点走吧。"

"再见,雷梦拉。"昆比先生说。雷梦拉看得出来,爸爸的心思都在汽车上。走在去车站的路上,雷梦拉的脚步比往常都要沉重。当校园猩猩叫她"鸡蛋头"的时候,她都懒得再去顶一句"你才是魔鬼鸡蛋头"。

上课时,雷梦拉安静地做着练习册,试着将正确的数字填入正确的空格,但无法集中精神。她的头昏沉沉的,手也懒得动。她想要告诉威利太太自己不舒服,但老师正忙

着往黑板上写一长串单词，要是被人打断的话，搞不好又会被老师看作讨厌鬼。

雷梦拉双手撑着头，看着教室里那二十六个装着蓝色燕麦片的玻璃罐。噢！她才懒得去管什么蓝色燕麦片、白色燕麦片或是其他什么燕麦片。她一动不动地坐着，希望这股难受劲赶快过去。她知道现在应该告诉老师，但雷梦拉太难受了,甚至连手都举不起来。如果她连眼皮都不抬一下,可能感觉会好些。

走开,蓝色燕麦片,雷梦拉想。接着,她知道那件最可怕、最恐怖、最糟糕的事情就要发生了。求求你,老天,不要让我……雷梦拉祈祷得太晚了。

最可怕、最恐怖、最糟糕的事情还是发生了。雷梦拉吐了。她当着全班同学的面吐在了教室的地板上。一秒钟之前,她的早餐还待在胃里,在胃部一阵翻江倒海之后,大家都知道她今天早上吃了什么。

雷梦拉从小到大还没有这么丢脸过。泪水在眼眶里不停地打转,她意识到周围每一个人都很震惊。她听到威利太太说:"哦,我的天哪……玛莎,带雷梦拉去办公室。丹尼,快去告诉沃茨先生有人吐了。孩子们,捏着鼻子去大厅排队,等沃茨先生过来把这里清理干净。"

她的命令让雷梦拉更加难过了。泪水顺着脸颊倾泻而下,她真希望碧翠西能在身边,可姐姐此时远在另一所学校,也爱莫能助。她跟着玛莎下楼,穿过大厅,班里其他的孩子都捏着鼻子,急急忙忙地离开教室。

"没关系,雷梦拉。"玛莎温柔地说,她和雷梦拉保持着

国际大奖小说

一段距离,仿佛雷梦拉会爆炸似的。

雷梦拉哭得很厉害,一个字也说不出来。没有人,这个世界上再也没有人比一个在学校里吐了的孩子更讨厌的了。之前,她还觉得威利太太叫她讨厌鬼很不公平,但是现在,她没法儿再逃避这个事实了,她就是一个讨厌鬼,一个可怕的、流着鼻涕的讨厌鬼,手里连擤鼻涕的东西都没有。

雷梦拉和玛莎走进办公室,玛莎迫不及待地宣布了这个新闻。"拉森太太,"她说,"雷梦拉吐了。"就连坐在里间办公室的校长都听到了这个消息。雷梦拉知道想把校长当成伙伴是没戏了,没有人愿意和一个吐了的人成为伙伴。

拉森太太从抽屉里抓出一包纸巾,从打字机后站起来。"天哪。"她平静的口吻就好像每天都有吐了的学生来找她似的。"擦擦吧。"她说着把纸巾递了过去,雷梦拉擤了擤鼻子。当然,校长还待在他的办公室里,处境非常安全。

接着,拉森太太把雷梦拉带进了里面的一个小房间,就是上次替她洗头发的那间屋子。她递给雷梦拉一杯水。"来,漱漱口吧。"雷梦拉点点头,漱了漱口,感觉好些了。拉森太太并没有把她当成一个讨厌鬼。

拉森太太在小床的枕头上铺了一张干净的纸,扶雷梦拉躺下,然后给她盖上一条毯子。"我去给你妈妈打电话,让她来学校接你回家。"她说。

"可她在上班。"雷梦拉轻声说,大声说话会让她的胃

里再次翻江倒海,"爸爸在上课。"

"我知道了。"拉森太太说,"放学后你去哪儿?"

"去豪伊·肯普家。"雷梦拉闭上眼睛,她真希望可以一睡不起,让这场噩梦赶快过去。她听到拉森太太在拨电话,过了一会儿又把听筒放下了。看来豪伊的奶奶不在家。

紧接着,那股可怕的、恐怖的、糟糕的感觉又来了。

"拉……拉森太太,"雷梦拉颤抖地说,"我还想吐。"

拉森太太立刻把雷梦拉的头移到马桶上方。"我有三个孩子,这种场面我早就见怪不怪了。"她说。雷梦拉吐完后,她又拿来一杯水,调侃道:"你一定觉得自己连胆汁都吐出来了。"

雷梦拉勉强挤出了一个虚弱的微笑。"那一会儿谁来照看我呢?"拉森太太再次给她盖毯子的时候她问道。

"别担心。"拉森太太说,"我们会另找人的。在这之前,你好好在这里休息。"

雷梦拉感到很虚弱,浑身没有一丝力气,她非常感激拉森太太,闭上眼睛的感觉从来没有那么好。等她醒过来时,只听见妈妈在轻声呼唤:"雷梦拉。"她抬起沉重的眼皮,看到妈妈站在她面前。

"你想回家吗?"昆比太太温柔地问。她连雷梦拉的外套都拿好了。

泪水再次噙满了雷梦拉的眼眶。她不知道自己是不是还能站起来,而且没有车她们怎么回家呢?妈妈不是在上班吗,怎么会来这里?她会丢掉工作吗?

昆比太太帮雷梦拉穿上鞋,把外套披在她肩上。"外面有辆出租车在等我们。"她一边说着一边扶起雷梦拉往门口走去。

国际大奖小说

拉森太太从打字机上抬起头来。"再见,雷梦拉,我们会想念你的。"她说,"希望你能早日康复。"

雷梦拉已经想不起来健康是什么感觉了。走出学校,外面停着一辆黄色的出租车,它的发动机正发出突突的声音。出租车!雷梦拉从来没坐过出租车,但她现在正难受,连享受的力气也没有了。要是放在平时,她一定会觉得能在午饭前就坐出租车离开学校是一件非常神气的事。

雷梦拉爬进车子,看见司机正一脸顾虑地打量着她。我不能吐在出租车上,雷梦拉下定决心。出租车太贵了,绝对不能吐在里面。她心中默默祈祷:千万别让我吐在出租车里。

雷梦拉小心翼翼地把头枕在妈妈的腿上,车上的计价器每响一下,她就对自己说一次:我不能吐在出租车上。一路上,她努力地忍住了。一回到家,她立刻吐在了浴室里。

回到房间,躺在自己铺着白床单的小床上,雷梦拉感觉好多了。妈妈用冷毛巾给她擦干净脸和手,又量了体温。然后,她终于可以放心休息了。

快到晚上的时候,听到碧翠西在门口轻轻地"嗨"了一声,雷梦拉醒了过来。

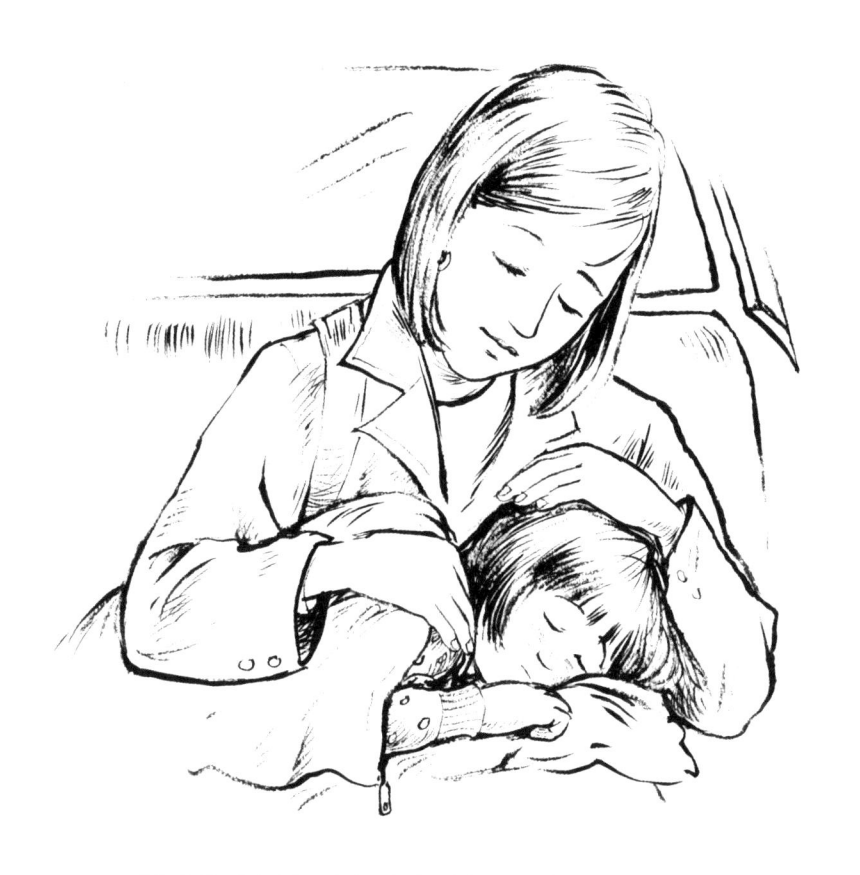

昆比先生回家时也过来看她。"我的小公主,你怎么样了?"他轻声问道。

"病了。"雷梦拉回答,她觉得自己很可怜,"车子怎么样了?"

"也病了。"爸爸说,"修理工太忙了,今天来不及修。"

过了一会儿，雷梦拉听见家里人开始吃晚餐，却没有喊她，但她不介意。晚些时候，昆比太太又给她量了次体温，扶她坐起来，把一杯汽水递到她嘴边，雷梦拉很惊讶。平常妈妈是不让她吃垃圾食品的。

"我和儿科医生谈过，"昆比太太解释说，"她让我给你喝这个，你现在需要流质食物。"

这杯饮料让雷梦拉直想打喷嚏。她有些不安。这东西喝下去不会吐吧？是的，她没吐。于是她又喝了一小口，过了一会儿又喝了一口。

"好孩子。"妈妈柔声地说。

雷梦拉重新躺了回去，把脸转向枕头。想到在学校里发生的一切，她哭了起来。

"小心肝，"妈妈说，"别哭了。你只是有些肠胃流感，一两天就会好起来的。"

雷梦拉蒙着头说："不，我好不起来了。"

"会好的。"昆比太太安慰地拍了拍雷梦拉身上的被子。

雷梦拉转过头去，眼泪汪汪地望着妈妈。"你根本不知道发生了什么。"她说。

昆比太太关切地问道:"到底怎么了?"

"我当着全班同学的面吐在了地板上。"雷梦拉呜咽着说。

妈妈安慰她:"大家都知道你不是故意的,而且你肯定不是第一个吐在学校的孩子。"她想了想又说,"但是你应该告诉威利太太你不舒服。"

雷梦拉没有勇气承认她在老师眼中是一个讨厌鬼,只好发出一声长长的、颤抖的抽泣声。

昆比太太又拍了拍雷梦拉,然后关上了灯。"现在你好好睡吧。"她说,"明天早晨就会感觉好些了。"

雷梦拉知道,就算明天早晨她的身体好些了,心里还是会不舒服。她不知道校园猩猩这次又会给她起什么外号,不知道威利太太又会和拉森太太说她些什么。心里想着自己是一个十足的讨厌鬼,还是一个让人恶心的讨厌鬼,雷梦拉渐渐进入了梦乡。

第七章 小病号

夜里,雷梦拉一直处于半睡半醒之间,妈妈用一块冷毛巾给她擦脸,然后扶她起来喝了点冷饮。之后,房间里的阴影渐渐退去,雷梦拉在舌头下含了一支体温计,似乎含了很久。尽管有妈妈陪在身边,她感到很心安,但身上还是很难受。每当她在枕头上找到一块凉凉的地方,用不了一会儿,那里就变得又热又燥,只好再翻身睡去。

房间渐渐明亮起来,雷梦拉又睡着了,她隐约感觉到家里人都轻手轻脚的,尽量不去打扰她。她从心里喜欢这样的体贴。她听到吃早餐的声音,然后就又睡着了,再次醒来后发现家里静悄悄的。他们都走了,只留下她一个人吗?不,厨房里有动静。一定是豪伊的奶奶过来陪她了。

雷梦拉的视线模糊了,她又想哭了。家里人在她生病的时候都走了,只留下她一个。她使劲眨了眨眼睛,努力忍住泪水,发现桌子上放着一幅爸爸为她画的漫画。画中的雷梦拉靠在一棵树上,家里的汽车也停在旁边。他画的雷梦拉眼神中带着怒气,嘴角向下噘着。汽车的前灯也好像雷梦拉正在生气的眼睛,前保险杠就像雷梦拉的嘴一样也向下弯着。他们看上去都病了。雷梦拉发现自己还会微笑,也发现身上不再是又热又干,而是热得直冒汗。她挣扎着坐了起来,没一会儿就又一头倒在枕头上了。坐起来太费力了,要是妈妈在就好了。就在这时,她的愿望成真了,妈妈端着一盆水和一条毛巾走进了卧室。

"妈妈！"雷梦拉声音沙哑地说，"你怎么没去上班？"

"我要留在家里照顾你啊。"昆比太太说着轻轻擦了擦雷梦拉的脸和双手，"感觉好些了吗？"

"好些了。"雷梦拉是好些了，但同时也感到自己浑身是汗，虚弱无力又很担心，"你会被开除吗？"她想起了曾经失业的爸爸。

"不会。那个退休的接待员很愿意替我几天。"昆比太太给了雷梦拉一块洗澡时用的海绵擦了擦身子，然后帮她穿上了凉爽干燥的睡衣。"好了。"她说，"要不要来点茶和面包？"

"大人们喝的茶？"雷梦拉问，妈妈不会丢掉工作让她松了一口气，这样爸爸就不会辍学了。

"大人们喝的茶。"妈妈说着扶雷梦拉坐起来，又拿了个枕头让她靠着。过了几分钟，她拿来一个托盘，上面有一片面包干和一杯淡茶。

雷梦拉一小口一小口地吃着喝着，感到又累又沮丧。

"振作起来。"昆比太太进来拿盘子的时候说，"烧已经退了，你马上就会好起来的。"

雷梦拉的确感到好些了。妈妈说得没错，她不是故意

吐的。其他孩子也会做同样的事情,比如幼儿园的那个男孩,还有一年级的那个女生……

雷梦拉又打了个盹儿,醒来的时候她感到又无聊又烦躁。她想在面包干上抹黄油,但是妈妈说肠胃流感不能吃黄油,于是她又皱起了眉头。

昆比太太笑着说:"告诉你吧,等你感觉自己好像变成了一只受伤的老虎,那时就快要好了。"

雷梦拉满脸愁容地说:"我才不会像一只受伤的老虎呢。"昆比太太在客厅的沙发上为她铺了一个床,好让她看电视,可雷梦拉发现白天的电视节目既愚蠢又无聊,于是又生起气来。广告看起来要比节目有趣多了。她躺了回去,等着电视里放猫粮的广告,因为她喜欢看漂亮的猫咪。等着等着,她想到了她的老师。

"我当然不是故意吐的。"雷梦拉自言自语地说。威利太太应该知道的。其实我是一个很好的人,她安慰自己。威利太太也应该知道的。

"谁给老师发工资啊?"妈妈进来的时候,雷梦拉突然问道。

"怎么了?我们都要付钱的。"昆比太太似乎对这个问题很惊讶,"我们交税,然后用这些税给老师发工资。"

雷梦拉知道家长们都为交税而感到头疼。"那以后你就别交税了。"雷梦拉对妈妈说。

昆比太太被逗乐了,"我也不想交啊,至少先让我们付清扩建房子的钱再说。你怎么会这么想啊?"

"威利太太不喜欢我。"雷梦拉回答,"但事实是她应该喜欢我,因为这是她的工作。"

昆比太太只好说:"如果你在学校也这么爱发牢骚,那她就很难喜欢你啦。"

雷梦拉心里愤愤不平,妈妈应该同情她这个又可怜又虚弱的小女儿。

大腕儿溜进客厅,盯着雷梦拉,眼神仿佛在说雷梦拉不该占了它的沙发。它轻轻一跃,跳上了她身旁的毯子,在上面蹭来蹭去,清洁着自己的每一块毛皮,然后呜呜叫了两声,蜷在雷梦拉身边。雷梦拉一动不动,这样大腕儿就不会走开了。等它睡着了,她温柔地抚摸着它。通常,大腕儿都会躲着雷梦拉,因为妈妈说她太吵了。

这时,电视上出现了一个滑稽的男人。他吃了一整张比萨饼,结果消化不良了。他呻吟着:"真不敢相信,我竟然把一整张比萨饼都吃了!"雷梦拉笑了起来。

接下来一个广告是一只猫前后迈着小碎步,在跳一支舞。"你觉得我们可以训练大腕儿也这么做吗?"雷梦拉问妈妈。

昆比太太被这个让老大腕儿跳舞的建议给逗乐了。"我觉得恐怕不行。"她说,"那只猫其实不是真的在跳舞。他们只是把图片来回播放,这样它看上去就像是在跳舞一样。"

真扫兴!雷梦拉快要睡着的时候,又播了一个猫粮广告。她打起精神,看到一只大黄猫走过好几个牌子的猫粮,看也不看一眼,然后走到一碗干猫粮前,安静地吃了起来。每次大腕儿吃这种干猫粮的时候,它都会发出咯吱咯吱的声音,雷梦拉从家里任何一个地方都能听见,但电视里的猫咪吃东西时却很安静。广告在骗人!他们净干这种事!雷梦拉被猫粮广告弄得很不开心。都是骗子!她恨整个世界。

傍晚的时候,雷梦拉被门铃吵醒了。是什么有趣的人吗?真希望来个好玩儿的人,她现在太无聊了。来的人是萨拉。

雷梦拉躺回到枕头上,试着让自己看上去苍白而虚

弱,紧接着她听到妈妈的声音:"你好,萨拉,你怎么来了?真高兴见到你,只是雷梦拉还没好呢。"

"没关系。"萨拉说,"我带了几封同学们写给雷梦拉的信,威利太太还带了本书让她读。"

"嗨,萨拉。"雷梦拉虚弱地笑笑。

"威利太太让我告诉你,这本书不是用来持续默读的,是要写读书报告的。"萨拉站在门口解释。

雷梦拉呻吟了一声。

"她还让我告诉你,"萨拉继续说,"她要我们站在教室前面,用推销书的方式来做报告。她说我们用不着把整个故事都讲一遍,她已经听过好几遍了。"

雷梦拉感觉更糟了。她不光要准备一篇读书报告,还要听其他二十五个人讲他们的报告,这下她更不想去上学了。

萨拉离开后,雷梦拉仔细看了看她带来的那个大信封。威利太太在信封正面写上了雷梦拉的名字,一个草体的大写字母Q,下面是她的手写体,大大的两个字:"想你!"后面还画了一条鲸鱼和一条尾巴"y"。

她才不会想我呢,雷梦拉想。她打开了头几封信。"妈妈,他们用草写体给我写信。"她高兴地大声说。虽然信的内容基本差不多,都是类似于"我们很遗憾你生病了,希望你快点好起来",但她仍然感到很高兴。她知道老师正在教大家学习写信和书写,但她不介意。

有一封信和其他的不同,是校园猩猩写的:"亲爱的大脚怪,快点好起来,不然我就吃了你的橡皮擦。"雷梦拉笑了,这封信说明校园猩猩喜欢她。她期待爸爸和姐姐赶紧回来,好向他们炫耀一下这些信件。

雷梦拉看腻了电视,躺在床上不动又很难受,她静静地等着爸爸和姐姐。他们看到她这样苍白和虚弱一定会很同情她的。当然,爸爸会给她带一个小礼物,让她躺在床上时能够玩一玩。她已经开始读桥梁书了,所以礼物会是一本平装书吗?还是新的蜡笔?爸爸一定知道削得尖尖的蜡笔对于喜欢画画的人来说有多么重要。

碧翠西先回到家,她一进门就把手里捧的一摞书丢在了椅子上。"都是作业!"她抱怨道。她自从上了初中,张口闭口都是作业,说得好像雷梦拉在学校什么都不用做一样。"感觉怎么样?"她终于来问候这个小妹妹了。

"还是不好受。"雷梦拉无力地回答,"但全班同学都给

国际大奖小说

我写信了。"

碧翠西扫了一眼那堆信说:"一准是他们对着黑板抄的。"

"三年级学生用草写体写出一整封信可是很有难度

的!"自己的信被轻视,雷梦拉感到很受伤。她把大腕儿从沙发上推下去,好好地伸了伸腿。电视机则继续在一旁嗡嗡响。

"你们的爸爸怎么还不回来?"昆比太太说着,两眼望向窗外。

雷梦拉知道爸爸为什么晚了,但她没有说出来。爸爸一定是去给她这个"小病号"买礼物了。她已经等不及了。"我们班要做读书报告。"她告诉碧翠西,免得姐姐以为她什么作业也没有,"我们要假装把书推销给别人。"

"我们已经做过好几次了。"碧翠西说,"老师们总是说不要去复述故事,然后半数的学生都会这么结尾:'要是你想知道后面发生了什么,就来看书吧。'还有一些会说'看完这本书,否则我就揍你'。"

雷梦拉知道她们班有谁会这么说——校园猩猩,就是他。

"他回来了。"昆比太太说,她急急忙忙地去为雷梦拉的爸爸开门,爸爸进门时吻了她一下。

"车子在哪儿?"她问。

"坏消息。"昆比先生听起来很累,"车子需要一个新的变速器。"

"哦,不!"昆比太太吓了一跳,"那要花多少钱?"

昆比先生表情严肃地说:"很多钱,我们负担不起。"

"那也得想办法付钱。"昆比太太说,"我们不能没有车子。"

"那里的人说我们可以分期付款。"他解释,"看来我要在冰库里多干几小时的活才行。"

"真希望还有其他的办法……"昆比太太一脸愁容,走进厨房去准备晚餐。

这时,昆比先生转向雷梦拉。"我的小宝贝怎么样了?"他问。

"病了。"雷梦拉都忘了要摆出一副令人同情的样子,她很失望爸爸没有给她带礼物。

"振作起来。"昆比先生微微笑了一下,"至少你不需要一个新的变速器,明天你就会好起来的。"

"变速器是什么?"雷梦拉问。

"就是能让汽车跑起来的东西。"爸爸解释道。

"哦。"雷梦拉说。为了向爸爸说明自己的生活也很不容易,她补充道:"我要在学校里做一篇读书报告。"

"好吧,做得有趣一些。"昆比先生说着,去洗手准备吃晚餐。

雷梦拉知道爸爸现在很焦虑,但她还是觉得他应该更心疼他那病了的小女儿。但是很显然,他更爱他的车。她躺了下来,在电视噪音的陪伴下觉得自己又无力又疲惫,她很同情爸爸要在冷冻食品仓库里面工作更多的时间。不论他穿上多少双羊毛袜子,他的脚都是冷的,他不得不经常走到冷库外面,等脸颊恢复了知觉再回去继续工作。

妈妈把家里其他人的晚饭准备好后,告诉雷梦拉回到自己的床上去,晚饭用托盘端进去吃。雷梦拉很愿意在自己的房间吃晚饭,想到妈妈并没有觉得自己是个讨厌鬼,雷梦拉心里舒服多了。

第八章 精彩的报告

担忧的气氛笼罩着昆比一家。爸爸妈妈在担心家里没有车该怎么生活,更担心如何付清变速器的钱。碧翠西在担心一个她要参加的派对,里面也邀请了男孩子。她害怕派对最后变成一个舞会,而自己跳舞的样子看上去很傻,再说八年级的男生在派对上就像一群还没长大的孩子。雷梦拉还是感到很虚弱,她在家里不停地走来走去,担心着她的读书报告。如果她把报告做得很有意思,威利太太会以为她想出风头。如果报告没有意思,老师就不会喜欢。

除此之外,那天晚上爸爸在餐桌上低头看书的时候,碧翠西恰巧看见了他的头顶。"爸爸,你头顶的头发变少了!"她惊恐地大叫。

雷梦拉立刻冲过去看,"就少了一点点,还没有秃呢。"她不想让爸爸伤心。

昆比太太也过来看。"是少了一些。"她说着在丈夫的头顶上吻了一下,"没关系,上个礼拜我也发现了一根白头发。"

"怎么回事?为我的头发开大会吗?"昆比先生问。他搂住妻子的腰。"别担心,"他对她说,"就算你老了,头发也白了,我仍然爱你。"

"谢谢。"昆比太太可不愿去想自己头发花白的样子。他们都笑了起来。昆比先生松开妻子,然后开玩笑似的在她屁股上拍了一下,这个动作让两个女儿非常惊讶,她们也笑了起来。

听到这段话,雷梦拉突然有些感动。她不希望爸爸的头发变少,或是妈妈的头发变白。她希望父母永远都是现在这个样子。看到他们彼此深情款款是那么美好。她知道爸爸妈妈深爱对方,但有时候,当他们又累又急,或是等孩子们睡着后长时间地讨论严肃话题的时候,她既好奇又担心。因为她知道,有些孩子的父母已经不再相爱了。而现在她可以确定,家里一切都好。

忽然,雷梦拉感到很开心,要是她能想出个有趣的点子,读书报告看起来也不是那么难。

雷梦拉做读书报告的那本书名字叫《被丢弃的猫》,这本书有好几个章节,不过用词都很简单。故事的主角是一只猫,它在主人搬家后被遗弃了,然后和一条狗、另一只猫和几个孩子开始了一段冒险旅程,最后它找到了一个家,和一对和善的老夫妇一起生活。他们喂它一碟奶油,还给它取名为"左撇子",因为它的左爪是白色的。这故事有些无聊,雷梦拉想,用来在校车上打发时间还差不多,但用来做持续默读还不够格。而且喂猫吃奶油太浪费了,老人们最多只会给猫吃稀奶油。雷梦拉认为书上的内容也好,人们说的话也好,都应该与事实相符才对。

"爸爸,你会怎样推销东西呢?"雷梦拉知道她不应该在爸爸学习时打扰他,但她迫切需要一个答案。

昆比先生还在低头看书,"你看了那么多广告,应该知道怎么推销。"

雷梦拉想了想,她总是把广告当成娱乐节目,但这会儿她想到了自己最喜欢看的几个广告——来回跳舞的猫、用爪子推开狗粮的狗、吃比萨饼消化不良的男人,还有拉着富国银行的马车穿越沙漠和群山的六匹马。

"你是说我应该像电视广告那样做读书报告?"雷梦拉问。

"为什么不呢?"昆比先生心不在焉地说。

"我不想让老师说我是讨厌鬼。"雷梦拉说,她需要大人的肯定。

这一次昆比先生抬起头来。"你看,"他说,"她让你们假装是在推销书,那你就去推销啊。还有比电视广告更好的方法吗?按照老师说的去做,你就不是讨厌鬼。"他看了雷梦拉一会儿继续说,"为什么老师会认为你是讨厌鬼呢?"

雷梦拉看着地毯,脚指头在鞋子里动来动去,最后她说:"我在开学第一天把鞋子踩得嘎吱嘎吱响。"

"这也算不上是讨厌鬼吧。"昆比先生说。

"然后我又把鸡蛋弄进了头发里,威利太太就说我是个讨厌鬼。"雷梦拉坦白了,"后来我又在学校吐了。"

"你又不是故意的。"爸爸说,"好了,去做自己的事吧,我还要学习。"

雷梦拉想了又想,觉得既然爸爸妈妈都这么认为,那就一定是对的。好吧,就算威利太太用最简短的语言写出了对她的想念,但是管她呢。雷梦拉要按照自己的想法做读书报告,就是这样。

雷梦拉走进自己的房间,看着书桌,家人都把这里称作"雷梦拉工作室",因为上面乱七八糟地堆着蜡笔、纸张、透明胶带、线头还有各种零碎小玩意儿。雷梦拉想了一会儿,突然来了灵感,便马上动起手来。她清楚地知道自己要做什么。她拿出纸、蜡笔、透明胶带和橡皮筋,努力地做着,兴奋得连脸颊都变成了粉红色。世界上最棒的事,莫过于将灵感付诸行动。灵光一闪,说干就干,还有什么能比这更美妙呢?

最后,雷梦拉大大松了一口气,她靠在椅背上欣赏着自己的作品:三只猫脸面具,只要把面具上的橡皮筋套在耳朵后面就可以戴了,戴上后只露出眼睛和嘴巴。这还不

够。她拿出纸笔，把想说的话都写了下来。她满脑子都是想法，已经没有时间用草写体来书写了。接着，她打电话给萨拉和珍妮特，把自己的计划告诉她们，说话时她压低嗓音尽量不笑出来，免得打扰了爸爸。两个朋友边笑边同意加入她的读书报告。在晚上剩余的时间里，雷梦拉反复背诵着自己的讲稿。

第二天早晨，不论是在校车上还是在学校里，都没有人再提起雷梦拉吐了的事情。雷梦拉本来已经准备好接受校园猩猩的评论了，但他只是说了句："嗨，巨脚怪。"上课后，雷梦拉把猫脸面具传给了萨拉和珍妮特，又把病假条给了威利太太，然后一边用手驱赶从罐子里逃出来的果蝇，一边等着做自己的读书报告。

算术课后，威利太太叫了几个同学到教室前面做读书报告。大多数的读书报告都是这么开头的："这本书是关于……"还有许多就像碧翠西预测的那样，是以"……如果你想知道后面发生了什么，那就来读这本书吧"做结尾的。

威利太太说："午饭前我们还来得及做一篇读书报告。谁想来做？"

雷梦拉挥了挥手，威利太太点点头。

她转头去招呼萨拉和珍妮特,两个女孩不好意思地咯咯笑着,跟随雷梦拉走上前去,站在她的身后。三个女孩戴上猫脸面具,又笑了起来。雷梦拉深深吸了口气,萨拉和珍妮特唱了起来:"喵,喵,喵,喵。喵,喵,喵,喵。"然后学着猫粮广告的样子来回跳着。

"《被丢弃的猫》能让孩子们笑起来。"雷梦拉用清晰响亮的声音说,身后的萨拉和珍妮特轻声地合唱。"孩子们看了《被丢弃的猫》后都会笑,会笑。孩子们都点名要看《被丢弃的猫》。孩子们每天都读这本书,读得开怀大笑。最快乐的孩子们都读《被丢弃的猫》。《被丢弃的猫》里有猫咪、狗狗还有孩子……"这时她看到了校园猩猩的目光,他靠在椅子上,脸上挂着那种总是让她慌乱的笑容。她忍不住想笑,但又忍了回去,然后努力不去看校园猩猩,继续背台词。"……猫咪,狗狗,孩子……"她又想笑了,结果忘词了,"……猫咪,狗狗,孩子……"她又重复了一遍,可还是失败了。

威利太太和全班同学都在等她说下去,校园猩猩还在咧着嘴笑。雷梦拉的两位忠实伴唱仍在边唱边跳。她不能让这个状况一直持续下去,她必须说些什么,随便什么,来

结束这些"喵喵叫",还有她的读书报告。她绝望地试图回忆起任何一段猫粮广告,但是一个也想不起来。此时她脑子里只有吃比萨饼的男人,于是她脱口而出自己唯一能想到的句子:"真不敢相信我居然全都读完了!"

大家都笑了,威利太太的笑声盖过了全班同学。雷梦拉感到面具后面的脸都变热了,连露在外面的耳朵也热了起来。

"谢谢你,雷梦拉。"威利太太说,"这个报告最有趣。同学们,你们可以去吃午饭了。"

躲在面具后的雷梦拉终于鼓起了勇气。"威利太太,"她说,此时同学们都把椅子收起来,拿出了饭盒,"我的读书报告本来不是这么结尾的。"

"你喜欢这本书吗?"威利太太问。

"不是很喜欢。"雷梦拉承认。

"那我觉得你这么结尾挺不错。"老师说,"让你们推销自己不喜欢的书的确不太公平。我只是想让读书报告更生动一些。"

老师的坦诚和面具后的安全感让雷梦拉的胆子也大了起来。"威利太太,"她的心怦怦直跳,"你和拉森太太说我是个讨厌鬼,可我不这么认为。"

威利太太看上去很惊讶,"我什么时候那么说了?"

"我把鸡蛋弄得满头都是的那天。"雷梦拉说,"你说我是个爱出风头的家伙,还是一个讨厌鬼。"

威利太太皱起眉头想了想,"雷梦拉,我记得我说过'那个爱出风头的小家伙',但那是为了表示亲昵,我确定

从来没说过你是讨厌鬼。"

"不,你说过。"雷梦拉坚持道,"你说我是一个爱出风头的小家伙,然后你又说'真是一个讨厌鬼'。"雷梦拉永远不会忘记这几个字。

刚才还一脸不解的威利太太突然松了口气,笑了起来。"哦,雷梦拉,你误会了。"她说,"我的意思是,你满头的蛋花对拉森太太来说是件很讨厌的事。我并不是说你是一个讨厌鬼。"

雷梦拉感觉好些了,她摘下面具说:"我不是爱出风头。我只是想像别人一样把鸡蛋在额头上敲碎。"

威利太太调皮地笑笑说:"告诉我,雷梦拉,你从来都没想过要表现一下吗?"

雷梦拉有点儿不好意思,"嗯……也许……有时候会有一点点吧。"她承认道,然后马上补充说,"但那天我不是在表现。大家不是都那么做吗?"

"你说得对。"威利太太笑起来,"现在快去吃午饭吧。"

雷梦拉抓起饭盒,一路跑下楼梯到了餐厅。她笑了出来,她能猜到吃完午饭后,班里其他同学会有什么反应。因为她也想对自己说:"真不敢相信我居然全都吃完了!"

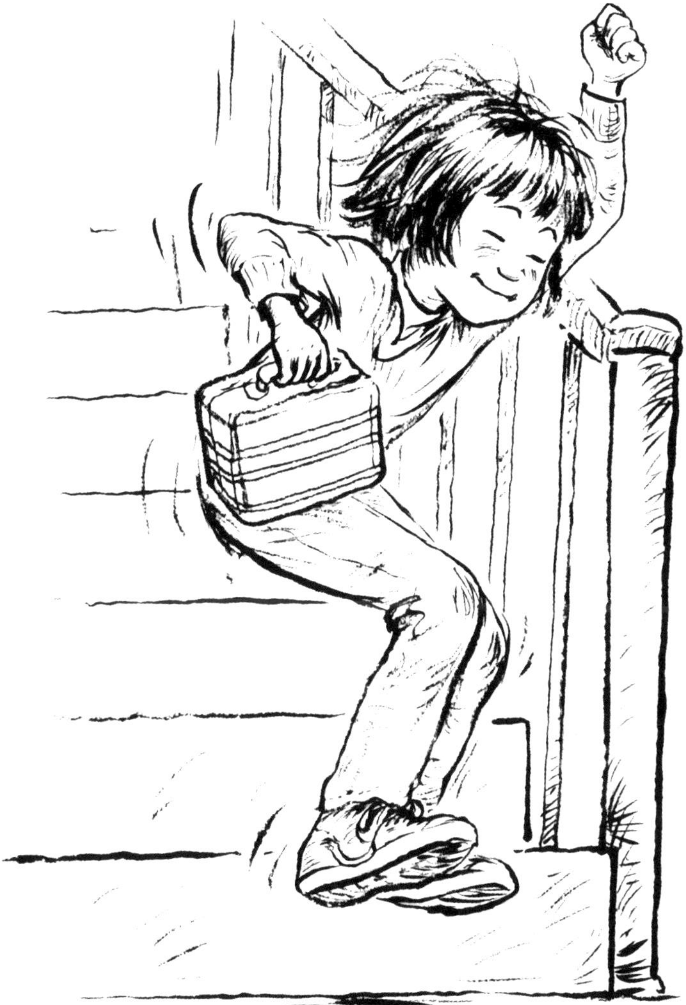

第九章 下雨的星期天

在十一月里，下着雨的星期天总是让人感到郁闷，但雷梦拉觉得这个星期天尤其让人沮丧。她把脸贴着客厅的窗户，看着大雨从天而降，光秃秃的树枝拍打着屋前的电线。午餐净是些昆比太太从冰箱里打扫出来的剩菜，看着就没胃口。爸爸妈妈一副又累又泄气的样子，都没怎么说话，碧翠西不知道怎么回事也闷闷不乐。雷梦拉渴望晴天，渴望在干燥的地面上溜冰，渴望一个幸福的、欢声笑语的大家庭。

"雷梦拉，这个周末你还没有打扫你的房间呢。"昆比太太说，她坐在沙发上整理一沓账单，"还有，不要把鼻子贴在窗子上，会把玻璃弄脏的。"

雷梦拉觉得自己似乎做什么都是错。一家人的脾气都不是很好,连大腕儿也在前门那里喵喵直叫。昆比太太叹了口气,站起身来放大腕儿出门。碧翠西拿着毛巾和洗发水进了厨房,准备去洗头发。昆比先生像往常一样在餐桌上学习,他拿着一支铅笔,恼怒地在纸上划来划去。电视机里一片空白,没有声音,火炉里的木头怎么也烧不起来。

昆比太太刚坐下就又站了起来,因为大腕儿对于门外一片湿漉漉的世界很不满意,吵着要进来。"雷梦拉,把你的房间打扫干净。"她说着打开门,让猫咪进来,一阵冷风也顺势钻了进来。

"碧翠西也没有打扫她的房间。"雷梦拉忍不住要向妈妈指出这一点。

"我没说她。"昆比太太说,"我在说你。"

雷梦拉依旧站在窗前,没有动。打扫房间是一件无聊的事情,特别是在一个雨天的下午。她茫然地想着自己喜欢做的事——学旋转套索,玩锯琴,参加体操比赛,在单杠上面翻跟头,旁边还有一大群观众在欢呼。

"雷梦拉,把你的房间打扫干净!"昆比太太大声说道。

"你用不着对我吼。"妈妈的语气让雷梦拉很不舒服。

国际大奖小说

火炉里的木头终于点着了,一阵烟飘进了客厅里。

"那就快去。"昆比太太厉声说,"你的房间乱得就像个重灾区。"

昆比先生放下铅笔,说:"小姐,照你妈妈说的去做,现在就去。她不需要再说第三遍了。"

"好吧,好吧,用得着那么凶吗?"雷梦拉说着心里却在想:唠叨,真唠叨。

雷梦拉不高兴地进了房间,从床底下掏出了整整一个星期的臭袜子。在去浴室的路上,她看见姐姐正站在客厅里用毛巾擦头发。

"妈妈,你太坏了。"碧翠西的声音从毛巾下面传出来。

雷梦拉停下脚步,静静地听着。

"随便你怎么说。"昆比太太说,"你不准去,就这样。"

"可其他女生都会去。"碧翠西在抗议。

"我不管她们去不去。"昆比太太说,"总之,你不许去。"

雷梦拉听见铅笔被"砰"的一声砸在桌子上,爸爸说:"你妈妈说得没错。现在你能不能安静一些,让我好好做作业?"

碧翠西快步从雷梦拉身边走过,进了自己的房间,用

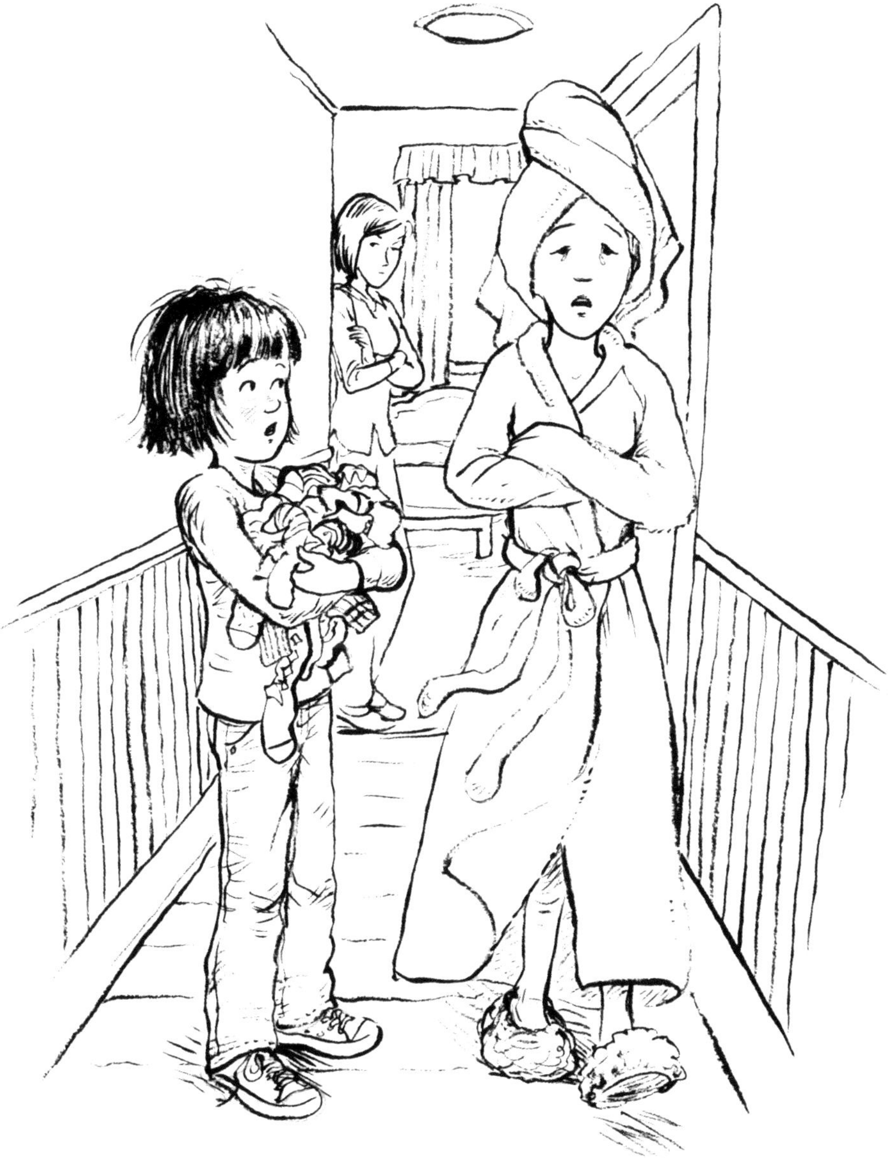

国际大奖小说

力关上门。屋里紧接着传来愤怒的哭泣声。

她不能去哪里?雷梦拉一边把袜子丢进洗衣篮里,一边心生好奇。既然房间已经打扫完毕,她又回到了客厅,大腕儿还在冲着前门喵喵地叫,看上去和家里其他人一样又暴躁又无聊。"碧翠西不能去哪里?"雷梦拉问。

昆比太太打开大门,一阵冷风灌进屋子,大腕儿犹豫起来,昆比太太用脚碰了它一下让它出门去。"她不能去玛丽·简家,和班里的其他女生一起过夜。"

要是在一年前,雷梦拉一定会支持妈妈,好让自己更加得宠。但是今年,她知道早晚有一天,她也会想在别人家过夜。"为什么碧翠西不能去玛丽·简家过夜?"她问。

"因为她每次回来都变得又累又暴躁。"昆比太太等在门边。大腕儿的叫声被风吹得都变了调,她开门的时候又一阵冷风刮了进来。

"以现在暖气用油的价格来说,我们可没钱让猫这么进进出出。"昆比先生终于忍不住了。

"要是我不让它出去的话,你能来解决这个问题吗?"昆比太太问,然后她继续回答雷梦拉的问题,"我们家有四口人,不能因为她和一群愚蠢的女孩在一起闲聊,大半夜的不睡觉,回来以后就搅得一家子人整天都不愉快。再说了,正在长身体的孩子需要按时休息。"

雷梦拉没有说话,对碧翠西从派对回来后脾气变差的说法表示默认。同时,她也想让自己未来的初中生活不那么难过。"也许这次她们会早点睡觉。"她试探着说道。

"才不会呢。"昆比太太的语气很少这样无理,"而且,雷梦拉,虽然肯普太太没有明说,但她暗示我,你没有好好陪薇拉珍玩。"

雷梦拉长长地叹了口气,仿佛这口气是从脚底板吐出来似的。房间里的碧翠西已经哭完了,但还在努力地假装抽泣,以显示父母是多么的蛮不讲理。

昆比太太根本不理会那声叹气和房间里的假哭声,继续说:"雷梦拉,我和你说过好多次了,乖乖待在肯普家是你的职责。"

雷梦拉怎么和妈妈解释呢?薇拉珍终于明白持续默读和一般的阅读没什么两样。有那么一段时间,薇拉珍让雷梦拉把肯普家几本无聊的书大声念出来,那些书都是不了解孩子的大人给他们看的。薇拉珍听了几次就厌烦了,现在又坚持要玩美容院的游戏。雷梦拉不想让她给自己乱涂

指甲油,她知道要是薇拉珍把指甲油洒出来,她就又要挨骂了。这根本就是雷梦拉在照看薇拉珍,而不是肯普太太在照看雷梦拉。

雷梦拉盯着地毯,又叹了口气说:"我会努力的。"她觉得自己很可怜,没有人理解她、表扬她。她连自行车都没有,放学后还要去肯普家,但没人会明白这件事对她来说有多么艰难。

昆比太太变得温和起来。"我知道这不容易,"她半笑着说,"但是别放弃。"她把账单和支票簿收起来,走进厨房,开始在桌子上写支票。

雷梦拉走进餐厅到爸爸那里寻求安慰。她把脸贴在他格子花呢上衣的袖子上问:"爸爸,你在学什么?"

昆比先生再一次丢下笔。"我在学习儿童的认知过程。"他回答。

雷梦拉抬起头看着他,问道:"那是什么意思?"

"学习孩子们如何思考。"爸爸告诉她。

雷梦拉一点儿也不喜欢这几个字。"你为什么要学那个?"她问。有些东西属于隐私,孩子们如何思考就是其中之一。她不喜欢大人们在厚厚的书里到处寻找问题的答案。

"我也一直在问自己这个问题。"昆比先生严肃地说，"我有许多账单要付，为什么还要学习这些东西？"

"嗯，我觉得你不用学。"雷梦拉说，"孩子们怎么想和你没有关系。"但她又不想爸爸回去做收银员，于是她马上补充道，"你还可以学很多其他东西，比如果蝇。"

昆比先生朝雷梦拉笑笑，摸了摸她的头说："这世上会有人知道你是怎么想的吗？"雷梦拉听完之后感觉好多了，她的秘密想法应该不会被发现。

昆比先生坐在椅子上咬着铅笔，两眼望着窗外的雨。碧翠西不再装哭了，她从房间里出来，眼圈红红的，头发还是湿的，她在屋里头四处晃，没有和任何人说话。

雷梦拉一屁股坐到沙发上，她讨厌下雨的星期天，尤其是今天，她期待着星期一可以躲到学校里去。昆比家的房子看上去好像在一天天地变小，小到再也装不下他们一家人和家里的各种问题。她努力不去回想她偷听到的爸爸妈妈之间的对话，两个女儿入睡后，爸爸妈妈在担心着全家的未来，这一点雷梦拉很明白。

雷梦拉自己心底也有深深的担忧。她担心爸爸会突然

国际大奖小说

被锁在冷库里,冷库里那么冷,有时候还会飘雪。要是他正在完成一个大订单,然后有一个负责小订单的人比他先完成,离开的时候忘记了他,把冷库门锁上了怎么办?爸爸会不会出不来,然后冻死在里面?这当然不会发生。"但是万一呢?"她脑子里一个微弱的声音在坚持着。"别傻了。"她对这个声音说。"是的,但是……"那个小声音又在说话了。尽管这样的担忧一直存在,但雷梦拉还是希望爸爸能够继续工作,这样他就能待在学校,有一天能够找到自己喜欢的工作。

雷梦拉担心着这些事,屋子里静悄悄的,只有外面的雨声和爸爸的铅笔摩擦纸张的声音。冒了烟的木头躺在炉子里,发出几声微弱的爆裂声。天色渐暗,雷梦拉有点儿饿了,但厨房里却没有忙碌的做菜声。

突然,昆比先生"啪"的一声合上了书,用力地扔下铅笔,铅笔弹了一下,掉在地上。雷梦拉坐了起来。爸爸这是怎么了?

"来吧,各位。"爸爸说,"把东西收拾好,让这种坏情绪见鬼去吧!我们今天出去吃晚饭,即使再糟糕,我们也要笑起来,高兴起来。这是命令!"

姐妹俩惊讶地看着爸爸,又互相看看。发生了什么事?他们已经好几个月没有下过馆子了,现在又怎么能吃得起呢?

"去吃华堡汉堡?"雷梦拉问。

"没问题。"昆比先生这天第一次看上去比较兴奋,"为什么不去?这天气太让人无法忍受了。"

昆比太太走进客厅,手上拿着一沓贴了邮票的信封。"可是,鲍勃……"她说。

"别担心。"昆比先生说,"我们会解决的。感恩节我会在冷库多工作几小时,多赚一些加班费。我们应该偶尔吃些好的,再说华堡汉堡也不是什么四星级的高档餐厅。"

雷梦拉担心妈妈会说垃圾食品不好,但她没有。阴郁和怒气都被忘在了脑后。他们穿好衣服,梳好头发,把大腕儿关进地下室,全家人坐上汽车出发了。车子已经换上了新的变速器,倒车的时候再也没有出现问题。昆比一家飞快地向最近的华堡汉堡驶去,到了那里,他们发现很多家庭都想在雨天离开家,因为店里人满为患,他们还要排队等座位。

爸爸妈妈和碧翠西都坐了下来,只有年纪最小的雷梦拉得站着。她跟着餐厅音乐的节奏摁着香烟贩卖机上面的按钮,觉得很好玩儿。餐厅的音乐放的是《老橡树上的黄丝带》,她还跟着音乐跳了一段舞。当旋律结束的时候,她转了个身,正和一位老先生打了个照面,老先生的灰头发梳得很整齐,还留着两侧上翘的小胡子。他身穿一件花纹衬衫,系了一根条纹领带,套了一件花呢外套,下面还穿了条宽松的格子长裤。除了裤子上面清晰的折痕和擦得发亮的皮鞋,这身行头似乎是从好几家不同的店里,或是在清仓大甩卖时买来的。

这位腰板很直的老先生向雷梦拉敬了个礼,仿佛她是一个士兵,然后他说:"小姐,你对你妈妈好吗?"

雷梦拉呆住了。她感到自己的脸一直热到了耳朵根。她不知道怎么回答这个问题。她对妈妈好吗?嗯……不总是这样,但他干吗要这么问?这又不关他的事。

雷梦拉抬头去向爸爸妈妈求助,却发现他们饶有兴趣地等着她的答案。其他在等位子的人也都看着她。她不高兴地看着那位老先生。她不想回答的话,就可以不回答。

这时,服务员帮她解了围,她大声喊:"昆比家,四位。"然后带着他们来到一个四人位置的卡座。

"你为什么不回答那个人?"碧翠西也和其他人一样好奇。

"我不应该和陌生人说话。"雷梦拉理直气壮地回答。

"可爸爸妈妈就在旁边啊。"碧翠西还真多事,雷梦拉

心想。

"记住,"昆比先生说着翻开了菜单,"就算心情不好,我们也要笑起来,享受生活。"

雷梦拉拿起菜单,心里还在生气。也许她不是一直都对妈妈很好,但也不关那个人的事。当她看到那位老先生就坐在走廊对面的一个单人卡座的时候,她狠狠瞪了他一

眼,而老先生却开心地朝她眨眨眼。他在取笑她。哼,雷梦拉可不喜欢这样。

她打开菜单,兴奋地浏览着。她已经不用再靠图片上

的汉堡、炸薯条、辣椒和牛排来点餐了。她现在已经识字了。看到最后,她在菜单最下方发现了一行可怕的字"十二岁以下的儿童餐",后面列了一堆食物:鱼条、鸡腿、热狗……这些东西雷梦拉一样都不想吃,学校餐厅里面都有。

"爸爸,"雷梦拉悄悄问道,"我一定要吃儿童餐吗?"

"不喜欢就不用吃。"爸爸非常理解地笑笑。于是,雷梦拉点了菜单上面分量最少的成人餐。

这是家有名的快餐店,几分钟菜就上齐了:雷梦拉的汉堡和薯条,碧翠西和妈妈的芝士汉堡和薯条,还有爸爸的辣汉堡。

雷梦拉咬了一大口汉堡,太美味了。汉堡很热很软,酱汁浓郁,真是开胃。酱汁从她的下巴上滴下来。她看到妈妈好像要说什么,但是没有开口。雷梦拉拿了一张纸巾,在酱汁滴到领子上之前把它擦干净。薯条外脆里嫩,比雷梦拉吃过的任何东西都要美味。

全家人都沉浸在这无声的幸福之中,慢慢品尝着美味的汉堡。"偶尔做些改变的确不错。"昆比太太说,"对我们都有好处。"

"尤其是在……"雷梦拉把后半句话咽了回去,"碧翠

西下午发完脾气之后。"她笑着坐直身子。

"好吧,不是只有我一个人……"碧翠西说了一半也停下来,露出了微笑。爸爸妈妈看上去很严肃,但也已经忍不住了。突然,每个人都轻松地笑了起来。

雷梦拉注意到那位老先生在吃一块牛排。她真希望爸爸也能吃得起牛排。

她尽情享用着汉堡,但就是吃不完,汉堡太大了。她很开心妈妈没有说:"有些人吃不下还要点那么多。"爸爸也没有对她没吃完的汉堡发表评论,还帮她也点了一份苹果派配热肉桂汁和冰激凌做甜点。

雷梦拉努力地吃着,她看着冰激凌慢慢融化,与肉桂汁融为一体,然后又瞟了老先生一眼,他正和服务员严肃地讨论着什么。那个服务员看上去很惊讶,很不安的样子。店里的音乐声,其他客人的交谈声,还有盘子的声音很大,她什么也没听到。服务员离开了,雷梦拉看到她去找经理,经理一边听一边点了点头。一开始雷梦拉以为那位老先生可能付不起牛排的钱。但显然不是这样,听完服务员的话之后,他在盘子边留了一些小费,然后拿起账单。雷梦拉不好意思地看着他站了起来,朝她眨眨眼,又向她行了个礼,

国际大奖小说

然后便离开了。雷梦拉不知道他这是想干什么。

她转回身去看家里人,他们都在发自内心地微笑,这让她鼓起勇气问了爸爸一个想了很久的问题:"爸爸,你不会退学的,是吗?"

昆比先生咽下了嘴里的苹果派,说:"不会。"

雷梦拉还想再确认一下,"你也不会再当收银员,然后回家的时候心情很差,是吗?"

"这个嘛,"爸爸说,"我不能保证回家的时候不生气,但就算是生气,也不会是因为一整天站在收银机后面,试图记住所有东西的价格,面前排着一群焦急等待结账的客人,然后回家把气出在你们身上。"

这下雷梦拉就放心多了。

服务员走过来,给两个大人各添了一杯咖啡,昆比太太说:"请结账吧。"

服务员看上去很不好意思。"嗯……"她犹豫了一下,"我还从来没碰到过这种事,你们的账单已经有人付过了。"

昆比一家惊讶地看着她。"是谁付的?"昆比先生问道。

"一位孤独的绅士,他离开没多久。"服务员回答。

"一定是那个坐在走廊对面的老先生。"昆比太太说,"可他为什么要替我们付钱呢?我们从来没见过他。"

服务员微笑着说:"他说你们是美满的一家,看到你们让他想起自己的孩子和孙子们。"说完,服务员拿着咖啡壶匆匆离开了,留下昆比一家在震惊中说不出话来。美满的一家?今天下午他们还互发过脾气呢。

"他就像书里写的神秘的陌生人。"碧翠西说,"我从未想过我也会碰到。"

"一位可怜的孤独老人。"昆比太太总结发言,昆比先生把小费塞在了碟子下面。满心惊讶而陷入沉默的一家人穿好外套,艰难地走进雨里,穿过停车场找到车子。车子发动得很快,顺利地从停车位上倒了出来。雨刷器有节奏地摆动着,一家人都很沉默,每个人都在想着这一天发生的事。

汽车驶出了停车场,在街上奔驰着。"我说,"昆比太太若有所思地说,"他说得对。我们的确是美满的一家。"

"不是一直都这样。"雷梦拉像往常一样喜欢追求准确的表达。

"没有人能一直完美。"爸爸说,"要是那样,生活不是太无趣了吗？"

"就算是爸爸妈妈，也不会一直完美。"昆比太太又加了一句。

雷梦拉心里很赞同，但又不希望他们就这么说出来。在心底，她觉得自己一直都很友善，但有时候，她表面上有那么点……嗯，让人害怕。这样，人们就不知道她其实是一个很好的人。也许其他人也会这样吧。

"生活总是会有高低起伏。"昆比太太说，"但我们要试着去相处，互相支持。"

"我们比有些家庭要美满。"碧翠西说，"有的人家根本不在一起吃饭。"过了一会儿，她承认，"其实我不喜欢躺在睡袋里，睡在别人家的地板上。"

"我也觉得你不喜欢。"昆比太太回想着什么，拍了拍碧翠西的膝盖，"这也是我不让你去的一个原因。你不想去，但又不肯承认。"

雷梦拉蜷缩在自己的风衣里，车里的暖风吹在温馨的一家人身上，她感到很舒服。作为一个美满团结的家庭成员之一，也到了可以被人依靠的年纪，所以她可以忽略，至少可以试着去忽略许多事情。关于薇拉珍，她可以大声地朗读一本可以持续默读的书,因为薇拉珍已经能听懂大部分内容了。这么做应该能撑一段时间。至于威利太太,她有时候还不错,有时候就不是了。但雷梦拉还可以接受。

"那位老先生为我们付了饭钱,这真是一个快乐的结

局。"碧翠西说,一家人依偎在车里,在阴云和雨水的笼罩下驶向克里特大街。

"这是今天的一个快乐结局。"雷梦拉纠正她。

因为明天又将是新的一天。

作者简介

贝芙莉·克莱瑞
Beverly Cleary

贝芙莉·克莱瑞1916年生于美国的俄勒冈州，于2003年获得美国国会颁发的美国国家荣誉艺术奖章。贝芙莉自小受到做图书馆管理员母亲的熏陶，喜爱看书。她在很小的时候就立志要写一些关于她童年趣事以及她身边小朋友的图书。贝芙莉曾在华盛顿大学致力于研究儿童图书的图书馆管理工作，并在日后成为一名图书馆的管理员。

贝芙莉的灵感大多来自她日常的生活体验以及周遭的环境。她的书为她赢得了许多著名的奖项，其中《亲爱的汉修先生》获得了1984年纽伯瑞儿童文学奖金奖，并同时使她赢得了1983年美国文学最杰出贡献奖；"雷梦拉系列"中的三部作品分别获得纽伯瑞儿童文学奖银奖和美

国际大奖小说

国国家图书奖。她的作品被译成十多种语言,全球销量高达9100万册,其中最畅销的"雷梦拉系列"销量突破3000万册,至今畅销不衰。"雷梦拉系列"还曾被改编为电视剧和电影,深受孩子们的喜爱。

书 评

给乌云镶上金边

七弦/厦门公益小书房创始人

曾经,儿童文学研究者发出了"儿童文学要直面苦难的缺失"的呼吁。

曾经,曹文轩感慨地说:"没有苦难的成长是不完全的成长,是'缺钙'的成长。"

那么,我们如何与孩子谈苦难,如何告诉他们生活也有悲剧性、苦难性的一面呢?我们一起来读读《雷梦拉八岁》吧。

其实,困境、苦难、磨难不是生命的意外,而是生命的常态,自古有言"人生不如意十之八九"。我想,作者贝芙莉·克莱瑞的思想中也有基于这一点的认识,故而让我看到《雷梦拉八岁》里展示的生活苦难对于生命的价值——不是悲愤的呼号和生活窘困的简单展览,而是冷静地把

它当成了生命中必不可少的一部分内容，让我看到苦难没有摧毁雷梦拉一家人，反而使他们呈现出人性美丽的光辉。在高度物化享乐主义充斥泛滥的今天，这无疑是一种逆向思考，一种清醒的自我肯定。

家庭经济陷入窘境、拮据，父母没有向孩子隐瞒，而是坦然相告，每一个人都承担起自己是家庭成员的一部分责任，彼此依靠，彼此分忧解难。哪怕只有八岁的雷梦拉也是如此，让小小的她自信且自豪地认为自己是家人可倚靠的重要一分子。这是雷梦拉盼望长大有责任感的早慧，同时也体现了一家人共渡难关的合作协助与亲密。

毕竟雷梦拉只有八岁，她在学校在家庭都会遇到这样那样的烦心事，有她苦恼、无力、无助的时候。但我们看到小小的雷梦拉如何真实又努力地平衡和成长，父母对她的肯定、关怀及鼓励，让她重拾信心，勇敢地与老师交流沟通，消除误会，在学校里获得友情。

父母的相亲相爱，家庭和睦，是雷梦拉一家人最大的支持与鼓励。父亲为自己所热爱的教师职业重返校园，努力读书并到冷冻仓库兼临时工补贴家用，母亲不得不外出工作支撑全家人的主要生活，一家人忍受艰难，拮据度日，父母亲为此克服困难努力工作生活的精神，带给雷梦拉深深的激励。这一点,从雷梦拉在病中独自努力完成学校布置的读书报告可见一斑,尤其那还是一本她自己并不喜欢的书,雷梦拉也能做出一份方式新颖又富于创造性乐趣的读书报告。这让我体会到:生活的各种磨难困境也带给生活新的生机和希望。

最后一章"下雨的星期天"将小说推向了高潮。再美满的家庭,也有争吵,也有交流不畅、大家不欢而散闹情绪的时候,这些在一个讨厌的下雨天爆发了。在如此真实的生活面前,看看雷梦拉的父亲是如何处理的,在一家人各自冷战消沉的时候,他大声对一家人说道:"来吧,各位。把东西收拾好,让这种坏情绪见鬼去吧!我们今天出去吃晚饭,即使再糟糕,我们也要笑起来,高兴起来。这是命令!"在一大堆账单还未支付的窘境下,雷梦拉的父亲向一家人提前预支了快乐,并让全家人安心出去吃大餐,因为他会在感恩节加班挣钱。在这么一个恼人的雨天,等位子吃饭的雨天,雷梦拉在餐厅里随着《老橡树上的黄丝带》翩翩起舞……一家人在心里共同描绘出一道雨中彩虹。

最后一章,尤其令我触动,这让我想起我们家的家规:一家人闹意气不得过夜!重读这本书,我再一次检视

对照,有时做得好,有时不够好。这本书如此及时,再度让我反思,更深切体会,一家人和和美美是一辈子最重要的,如我的宝贝女儿曾经所言:我们家是多么美好温暖啊。这也如书中雷梦拉的姐姐所说的一样。美满的家庭是值得一家人一辈子努力、追求和营造的。

"欢乐和痛苦是姊妹,而且都是圣者。凡是不能兼爱欢乐与痛苦的人,便是既不爱欢乐,亦不爱痛苦。"罗曼·罗兰的这句话,是雷梦拉一家人最好的注脚吧。

雷梦拉一家人将苦难的日子过得温情幽默,过得有滋有味,即是一种诗意、从容、镇定、希望的姿态和幸福的生活。

雷梦拉一家人在生活苦难的这朵乌云上镶了条金边,如雨后必有晴天,深夜黑暗之后必有黎明。正如雷梦拉自己说的"这是今天的一个快乐结局。"明天又将是新的一天。

教学设计

小小少年，总有烦恼

周其星/深圳实验学校阅读教师

【作品赏析】

　　八岁的女孩雷梦拉终于可以坐上校车去读三年级了。

　　这是一段全新的生活，按理说，应该让人充满期待。可是这一路走来，跌跌撞撞，烦恼丛生：出师不利，刚上校车，漂亮的橡皮擦就弄丢了；穿着的新凉鞋发出刺耳的嘎吱响声，被人喊作"大脚怪"；照顾薇拉珍却要被当马骑……

　　这还只是刚刚开始，后面还有一连串的麻烦呢。

　　真是小小少年，无尽的烦恼。

　　这是八岁女孩的烦恼，也是成长的烦恼，更是生活在底层、家庭困窘的孩子的烦恼。无论是要不厌其烦地跟薇

拉珍玩幼稚的游戏，还是将生鸡蛋敲破在脑壳上成为全班焦点；无论是家境拮据只能以牛舌代替牛排，还是在课堂上呕吐大病一场……你几乎看不到童年的快乐和成长的顺利。幸好，在灰暗的背景下，总有一些亮光。"厨房大灾难"里姐妹俩联手做出美味的晚餐让爸爸妈妈赞不绝口、"精彩的报告"里从广告中获得的灵感让读书报告赢得老师和同学的交口称赞……这些，无疑是窘迫生活中的一线阳光。尤其是故事的最后，在那个下着雨让人情绪糟糕的星期天，爸爸建议一家人出去吃华堡汉堡，却被一位灰发老绅士抢先付账。这个令人意外而又惊喜的小插曲，让雷梦拉一家人的心情发生了很大的变化。这真是一个完美的结局。经历这样的变化，小小的雷梦拉也在开始长大，开始懂得隐忍，开始向善向美。

我们或许没有和雷梦拉相似的经历，但是，谁的成长过程里，没有这样或那样的曲折与波荡呢？烦恼正是成长天空中的一抹异彩，风雨之后，才能见到炫目的彩虹。

【话题设计】

1.阅读一本书，要学会从书中的语句里寻找线索。稍稍留意，你就会发现，这本书里描写了雷梦拉的很多烦恼。找找看，书中写了雷梦拉的哪些烦恼呢？这些烦恼都是怎么解决的?雷梦拉的可爱与这些烦恼有什么关系?如果将这本书的名字换成《雷梦拉的烦恼》,你觉得合适吗?

2.《雷梦拉八岁》这本书里的故事,都是在一个很重要的背景下发生的,那就是雷梦拉一家生活极为困窘。有关昆比家的穷困,书中处处有描写,你能找出几处来呢?你觉得这样的背景对整个故事有什么影响?

3.雷梦拉看到爸爸正在看有关儿童认知过程的书,也就是研究小孩子如何思考的书。你还记得雷梦拉的态度吗?她责问爸爸为什么要研究这个,难道小孩子不能保有一点儿隐私吗? 雷梦拉不喜欢大人读一大堆书来研究小孩子脑袋里在想什么。你的观点和她一样吗?你认为大人这样做有没有效果?

4.模仿是孩子的天性,也是孩子们最爱玩的游戏。知识和能力的最初学习和最有效学习,就是从模仿开始的。

书上有两个句子挺有意思,我们不妨拿来做模仿练习:

1)世界上最棒的事,莫过于将灵感付诸行动。

我的仿造句是:世界上最棒的事,莫过于关掉手机,坐在咖啡馆里,安静地享受一本好书。

你的仿造句是:＿＿＿＿＿＿＿＿＿＿＿＿＿＿＿＿

2）真不敢相信,我竟然把一整张比萨饼都吃了!

雷梦拉的同学的仿造句是:真不敢相信,我居然把一整盒饭都吃光了!

你的仿造句是:_____

5.书的结尾这样写道:昆比太太若有所思地说,"他说得对。我们的确是美满的一家。"你同意吗?为什么?你觉得幸福美满的家庭应该拥有哪些特质?请写在下面:

_____

6.从书中找出和雷梦拉有关系的几个人:在家里,有重新读书且在冰库兼职的爸爸、在诊所当接待员的妈妈、积极进取又爱整洁的姐姐碧翠西;在学校里,有"校园猩猩"丹尼,三年级的老师威利太太、朋友豪伊、玛莎、校长秘书拉森太太;还有雷梦拉需要去照顾的薇拉珍……这些人物构成了雷梦拉的生活圈。在这些人中,你觉得谁对雷梦拉最友好,谁对雷梦拉帮助最大?

不妨想想你的生活,以你为圆心,画出一个圆圈,有哪些人在你的生活圈里?谁对你最友好?谁对你最有帮助,是你最重要的人?你准备和他们如何相处?细数这些,也是一种成长。

7.雷梦拉的校园故事是从粉色橡皮擦被戴棒球帽的丹尼抢走开始的。在你的学习生活里,遇到过这样的恶作剧吗?你有被别人取外号或者给别人取外号的经历吗?说来听听吧。

【延伸活动】

1.我和雷梦拉比童年

雷梦拉的年龄应该和正在阅读这本书的你差不多吧,你的童年生活里有哪些快乐,哪些烦恼呢?你的童年和她的有什么不一样吗?完成下面的表格,和雷梦拉比比童年吧。

人物	年龄	性别	爱好	家庭	快乐	烦恼
雷梦拉						
我						

2.消灭烦恼

在生活中,你一定会有很多烦恼吧?有没有想过怎样摆脱这些烦恼呢?

国际大奖小说

我来教你一招,帮助你消灭烦恼!

在一张张纸条上,写下你一个个烦恼,然后将纸条收在一个小本子里。过一段时间再把本子拿出来,看看这些烦恼还在困扰你吗?有时候,烦恼只是生活中某一时刻的小插曲。烦恼过后,你可以把小纸条一张张撕掉,在心中告诉自己:"再见了,烦恼先生!"

用这种办法和烦恼告别,拥抱快乐,你的心情会豁然开朗哟!

3. 灰发老人的故事

那个阴雨绵绵的周末,雷梦拉一家去吃华堡汉堡,一位灰发老绅士抢先帮雷梦拉一家付了账。这件事对雷梦拉一家影响很大,相信也让阅读的你印象很深。

书中并没有对这位灰发老人有太多介绍,他是谁?认识雷梦拉吗?为什么要跟雷梦拉开玩笑?为什么要替雷梦拉一家付账?这是他第一次这么做吗?在他身上发生过什么故事?请发挥你的想象力,以一位作家的身份,编一段灰发老人之前的故事。在你的故事结束时,灰发老人恰好走进了华堡汉堡餐厅,遇见了雷梦拉一家,决定替他家付账。